Luc Vincent

Der verschwundene Dämon

Franckh'sche Verlagshandlung
Stuttgart

Schutzumschlag von Aiga Rasch
Aus dem Französischen übertragen von Marguerite Bense-Bevot
Titel der französischen Originalausgabe: Boul' Mich' ne perd pas la tête"
(Editions G. P., Département des Presses de la Cité, Paris, 1971)

Franckh'sche Verlagshandlung, W. Keller & Co., Stuttgart/1974

LH 9 — EI
ISBN 3-440-04039-9/Printed in Poland/Imprimé en Pologne

Der verschwundene Dämon

Der verschwundene Dämon

Luc verliert den Kopf

Diese Geschichte beginnt mit einem Telefonanruf.
„Michel, bist du's? Kannst du sofort kommen?"
Das ist Lucs Stimme, die Stimme meines Bruders.
Allerdings, mein leiblicher Bruder ist er nicht; ich habe das Pech, ein Einzelkind zu sein. Aber er ist mein Wahlbruder, mein Kumpel, mein unzertrennlicher Freund. Hm, ich soll sofort zu ihm hinlaufen? Ehrlich gesagt, ich zögere einen Augenblick.
„Hat das nicht Zeit bis heute nachmittag? Ich wollte gerade zum Training und..."
Er fällt mir rücksichtslos ins Wort:
„Laß es sausen, ausnahmsweise. Es ist dringend, ganz bestimmt!" Es verschlägt mir beinahe die Sprache: Luc, der alles sehr ernstnimmt, bittet mich, das Training sausen zu lassen! „Ist es denn so schlimm?"
„Und ob!"
Hier merke ich endlich, daß der Tonfall seiner Stimme nicht normal ist, daß er schnell atmet, wie außer sich vor Angst.
„Ich kann nicht alles am Telefon erklären, aber hör gut zu: Ich habe den Kopf verloren!"
Mich packt einer dieser Lachkrämpfe, gegen die kein Kraut gewachsen ist und die meine Lehrer mit Entsetzen erfüllen, weil ich in kurzer Zeit die ganze Klasse damit anstecke.

„Armer Luc! Mit Brüdern, wie du sie hast, ist es mir schleierhaft, wieso dieses Unglück nicht schon viel früher passiert ist! Mach dir nichts draus: Vitamine, Ruhe, ein tüchtiger Arzt..."

Wenig zum Scherzen aufgelegt heute morgen, mein Freund Luc: Er unterbricht mich schon wieder! Auch das ist nicht normal. Sonst ist er immer korrekt, wohlerzogen, ein wahrer Gentleman. Ich lasse in dieser Beziehung sehr zu wünschen übrig, weil ich nicht so beherrscht bin. Wir sind überhaupt völlig verschieden voneinander. Kein Mensch begreift, warum wir uns so gut verstehen; wir auch nicht!

„Du hast nichts begriffen", stöhnt er, „es dreht sich doch nicht um *meinen* Kopf! Ich stecke mitten in einem Drama, und du lachst bloß, anstatt mir zu helfen!" Diesmal lache ich aber nicht mehr und schreie:

„Ich bin gleich da!"

Und ich stürze davon, lasse meine Sportausrüstung auf dem Teppich liegen und hoffe insgeheim, daß unsere siamesische Hausgehilfin sie aufräumen wird.

Der kleine Jean, mein Ersatzmann, wird begeistert sein, für mich einzuspringen.

Da ich ja auch nie krank bin, ist das die Gelegenheit für ihn!

Ich kritzele flüchtig ein paar Zeilen für meine liebenswerte Mutter, die alles versteht — sogar, daß man bereit ist, für seinen besten Kumpel Himmel und Hölle in Bewegung zu setzen.

Dann stürze ich die Treppe runter, um nicht auf den Aufzug warten zu müssen... der dann doch noch vor mir unten ankommt! Was mal wieder beweist, daß im Leben der gute Wille allein nicht ausreicht: Es gehört noch eine Portion

Grips dazu. Die weitere Folge der Geschichte wird es vielleicht noch beweisen.

Zwischen dem Zuknallen unserer Tür und dem Klingeln bei Gambiers vergehen nie mehr als fünf Minuten. Wir sind beinahe Nachbarn, aber der äußere Rahmen, in dem wir leben, ist sehr unterschiedlich. So veraltet und brav bürgerlich unser Wohnhaus ist, so sehr ist das Haus, in dem mein Freund wohnt, leuchtend weiß und kühn. Der gleiche Gegensatz im Inneren. Mutti liebt den Louis-XVI.-Stil, feine, zartfarbige Teppiche, Samtvorhänge, während Frau Gambier, die viel reist und oft ihre vier Kinder der Obhut ihrer Großmama überläßt, sich für Schlichtheit entschieden hat: Matten, Kunststoff, lackiertes Holz und vor allem keine Kinkerlitzchen!

Man öffnet mir beinahe sofort. Beinahe... gerade genügend Zeit für die Zwillinge, Püffe und andere Zärtlichkeiten dieser Art auszutauschen, was keineswegs ihr gutes Einverständnis beeinträchtigt. Beweis: Sie stehen mit Engelsgesichtern vor mir.

Es handelt sich hier nicht etwa um dasselbe Gesicht in zwei Exemplaren. Zwillinge, die sich ähneln — pah, wie gewöhnlich! Diese beiden bringen es fertig, ihre Originalität so weit zu treiben, daß sie noch nicht mal eine Spur von Familienähnlichkeit aufweisen. „Guten Tag, Rundkopf", ruft dieser widerliche Knabe Oliver, dessen Gesicht durch die leichten Schlitzaugen immer spöttisch aussieht, was so ganz zu seiner Art paßt.

Er weiß genau, wie sehr mich dieser Spitzname ärgert, und versäumt keine Gelegenheit, mich so zu nennen. „Warum nennst du ihn denn so?" wirft ihm Philippe mit großen,

treuherzigen Augen vor. „Es ist doch nicht seine Schuld, daß er so einen runden Kopf hat, der arme Michel!“
Das ist Phil, wie er leibt und lebt; so lieb und so taktlos wie kein zweiter! Jedesmal, wenn er versucht, eine durch seinen Zwillingsbruder zugespitzte Lage zu retten, bringt er es fertig, sie noch zu verschlimmern!
„Sagt mal, ihr Knirpse, könnt ihr mich mal durchlassen?“
So langsam aber sicher packt mich die Wut.
Die beiden lassen sich nicht einschüchtern.
„Aha, der Rundkopf möchte hineinrollen“, sagt Oliver, und gemeinsam wälzen sie sich vor Lachen auf dem Teppich des Flurs.
Sie machen mich verrückt, diese Lausebengels! Ich weiß noch nicht, was für einen Kopf Luc verloren hat, aber wenn ich mit diesen beiden Erfindern von zweifelhaften Wortspielen zusammenleben müßte, würde *mein* Kopf das keine acht Tage aushalten!
Endlich erscheint Marie. Sie hat keinen Blick für ihre kleinen Brüder. Acht Jahre lang brüllen und lachen die Zwillinge den lieben langen Tag. Die Familie hat sich also daran gewöhnt und hört sie nicht mehr. Erst wenn sie still sind, horcht man auf.
„Lieb von dir, Michel, daß du so schnell gekommen bist. Wir sind ganz durcheinander. Luc ist in seinem Zimmer.“
Ich mag Marie. Sie ist fünfzehn Jahre alt, wie ich, und sie ist der erholsamste Mensch, den ich kenne. Sie hat eine weiche Stimme, blonde Haare, glänzend und glatt, sie ist frisch, ausgeglichen und immer bereit zu helfen.
Noch nie habe ich sie mit einem solch kummervollen Gesicht gesehen. Ich vergesse vollkommen die Zwillinge und ihre Hänseleien und folge ihr in Lucs Zimmer. Auf dem

Teppich steht noch ein halbgefüllter Koffer, und Papier liegt überall herum. Erst gestern nachmittag sind meine Freunde aus Peru zurückgekehrt. Allein, denn ihre Eltern, Völkerkundler, sind noch für einen Monat dort geblieben. Sie wollten nicht, daß ihre Kinder den Schulbeginn in der nächsten Woche versäumen. Gestern, auf dem Flughafen von Orly, waren meine Freunde noch so ausgelassen. Was ist seitdem geschehen?

Heute hat Luc fiebrige Augen, sieht finster aus.

Er zieht mich zum Fenster. Dort steht sein Arbeitstisch.

„Schau dir das an!“

Ich erkenne das Paket, das er gestern behutsam unterm Arm trug, als er das Flugzeug verließ. Er hat die Verschnürung durchgeschnitten, die Papierhüllen auseinandergezogen. Neugierig nähere ich mich.

Welche Überraschung! Im Seidenpapier, das ein schützendes Nest bildet, ruht... nicht etwa ein kostbarer Gegenstand, wie ich es annehmen mußte, sondern ein Holzklotz!

„Na, weißt du, als originelles Andenken aus dem Reich der Inkas hättest du was Besseres auftreiben können!“ Luc möchte mich mit Blicken töten. Ich hatte vorhin wirklich keine Veranlassung, mich über Phil zu ärgern, wenn ich jetzt dabei bin, ihm auf dem Gebiet der Taktlosigkeit Konkurrenz zu machen!

„Weißt du, was in diesem Paket war, als wir in Lima ins Flugzeug stiegen?“

Ich zögere einen Augenblick; ich darf keine weitere Dummheit sagen. Plötzlich die Erleuchtung:

„Ein Kopf?“

Lucs schwarze Augen blicken weicher: Ich habe einen Punkt gewonnen.

„Genau! Der Kopf des Hohepriesters von Eldorado!"
Ich kann mir ein Naserümpfen nicht verkneifen. Der Handel mit Schrumpfköpfen soll ja bei den Jivaro-Indianern üblich sein, aber ich traue Luc keineswegs solch makabren Geschmack zu!
Marie, die meine Gedanken erraten haben muß, fügt als Ergänzung schnell hinzu: „Ein Kopf aus Holz, selbstverständlich."
Uff, ich fühle mich wohler.
„Natürlich." Luc, der ungeduldig geworden ist durch die Unterbrechung, nimmt das Gespräch wieder auf. „Ein Holzkopf von unermeßlichem archäologischen Wert. Papa selbst hat ihn verpackt. Er hat ihn nicht aus der Hand gegeben, bis wir auf dem Flughafen waren, kurz vor Abflug der Boing. Ich behielt den Kopf während der ganzen Reise auf den Knien. Bei den Zwischenlandungen hatte ich ihn immer bei mir. Während der Nacht — im übrigen sehr kurz, denn wir flogen ja gegen die Sonne — war mein Schlaf so leicht, daß ich überzeugt bin, mein Paket nicht einen Augenblick losgelassen zu haben. Ich hielt es fest an mich gedrückt.
Gestern, müde von der achtzehnstündigen Reise und durch die Zeitverschiebung etwas aus dem Gleichgewicht gebracht, schlief ich gleich ein, ohne das Paket zu öffnen. Und heute morgen, als ich Omi das Kunstwerk zeigen wollte, fand ich das hier: einen Holzklotz!"

Während ich nun einen Augenblick zwischen Ungläubigkeit und Verwirrung schwanke, höre ich, wie sich hinter meinem Rücken eine Tür öffnet und eine Grabesstimme ruft:
„Fiat lux!"
„Ich möchte auch gern, daß Licht werde! Wenn das dein

ganzes Latein ist, Oliver, kommst du gerade zur rechten Zeit!"

Mir ist zwar nicht klar, was ich schon wieder so Komisches gesagt habe, aber das schallende Lachen der Zwillinge beginnt von neuem, Marie lacht mit, und sogar Luc kann nicht ganz ernst bleiben. Von Natur aus bin ich zwar gutmütig, aber ich werde giftig, wenn man mich auslacht. Jedem der Zwillinge eine Ohrfeige zu verabreichen, würde uns vielleicht alle beruhigen. Bereit, das Vorhaben durchzuführen, drehe ich mich um und traue meinen Augen nicht. Was ich sehe? Einen Papagei auf Philippes Schulter! Ganz grün, der Bauch blau, das Auge rund. Schrecklich: als ob die Zwillinge und ihre Lebhaftigkeit nicht genügten, um die Wohnung der Gambiers ständig unter Spannung zu halten!

Luc hält mich fest, als ich zur Tür gehe:

„Michel, du wirst mich doch nicht im Stich lassen?"

Ich setze ein hoheitsvolles Gesicht auf, während ich antworte:

„Kommt beide, Marie und du, heute nachmittag zu mir. Ich lehne es ab, in diesem Zoo mit zwei aufgezogenen Affen und einem Latein sprechenden Vogel über ernsthafte Dinge zu diskutieren."

Das Lachen hört schlagartig auf.

„Wo sind die aufgezogenen Affen?" fragt Phil interessiert.

„Das sind doch wir, du Dummkopf", antwortet Oliver gekränkt.

Marie übernimmt die Verteidigung des Papageis.

Sie lockt ihn mit einem leisen Pfeifen, und der Vogel setzt sich auf ihre Schulter.

„Sieh doch", meint sie, „wie wohlerzogen er ist... und so schön!"
„Aber warum, zum Teufel, spricht er Latein?" frage ich mißmutig.
„Er muß wohl einem etwas wunderlichen Gelehrten gehört haben. Eines Tages fanden wir ihn in unserem Garten in Lima. Wir haben nie erfahren können, woher er kam. Klar, daß wir ihn behalten haben. Und weißt du, wie ihn die Zwillinge genannt haben? Sokrates!"
„Originell für einen Lateiner! Ich weiß ja, daß es den Zwillingen nicht so genau darauf ankommt, aber ihr hättet ihnen beibringen können, daß er Grieche war, der große Sokrates!"
Ich hätte seinen Namen nicht aussprechen dürfen; der Papagei glaubt, er sei gerufen worden. Ein kurzer Schlag seiner schillernden Flügel, und hoppla, sitzt er auf meiner Schulter und reibt zärtlich seinen Kopf an meiner Wange. Ich fühle mich ganz gerührt.
Es ist schon besser, meine Niederlage zuzugeben.
„Er ist wirklich lieb!"
Marie schiebt mir einen Sessel hin. Plötzlich sitze ich, Sokrates immer noch auf meiner Schulter, die Zwillinge zu meinen Füßen. Man könnte sich als „großer Häuptling" fühlen.
„Wir werden ernst bleiben", versichert Oliver, „Ehrenwort."
„Du bleibst dann hier?" bittet Phil.
„Veni, vidi, vici", triumphiert Sokrates, ohne Bescheidenheit. *

* Veni, vidi, vici (lateinisch): Ich kam, sah und siegte.

Er hat gesiegt, ich gebe es zu! Diesmal bin ich der erste, der darüber lacht.

Unter dem Vorsitz eines majestätischen und stummen Sokrates (hoffentlich bleibt er es auch!) kann das Kriegsgericht beginnen.
„War dieser Kopf auch wirklich wertvoll?"
Für diese harmlose Frage werde ich von vier Augenpaaren verächtlich angeblitzt. Sokrates, der anscheinend entschlossen ist, die Haltung seiner Besitzer in jedem Punkt nachzuahmen, erlaubt sich, an meinen Haaren zu zupfen, als Zeichen der Mißbilligung.
„Autsch! Marie, nimm mir dieses Biest mal ab, oder ich schicke ihn zu den Tauben von Notre-Dame, damit er ihnen Latein predigt. Und ihr, ihr braucht mich nicht so anzusehen. Schließlich bin ich nicht der Sohn eines Inka-Spezialisten und habe auch keine drei Monate in Peru verbracht wie ihr!"
Luc geruht mir zu erklären:
„Dieser Kopf ist sehr alt. Er trägt auf seinem Sockel das Zeichen der berühmten Gottheit Bochica."
Mich beeindruckt das sehr wenig, da ich zum ersten Mal diesen Namen höre.
„Ist das jemand Wichtiges?"
„Ahnungsloser!" platzt Oliver heraus. „Das war ein Nachkomme der Sonne, das Idol der Muyscas oder Chibchas, eines Indianer-Stammes vom Amazonas."
„... und des Stammes, der auch das bewußte Geheimnis von Eldorado verraten hat", vervollständigt Luc. „Denn dieses sagenhafte Land, das die Spanier suchten, war ihr eigenes Land. El Dorado * war ihr König! Man nannte ihn so, weil

man ihn für seine Krönung mit einem Pflanzensaft einrieb, bevor man Goldstaub darauf blies, der dann festklebte und ihn einer Goldstatue ähnlich machte. Von Priestern, den Häuptlingen und dem Stammesvolk begleitet, begab sich der Herrscher an die Ufer eines geheiligten Sees. Er badete darin und verlor in dem Wasser alles Gold, das ihn bedeckte. Goldschmuck und Geschmeide wurden anschließend als Opfergabe in die Fluten geworfen."

„Auf Befehl der Eroberer, eifriger Katholiken", ergänzte Marie, „wurden auch Statuen von ihren Göttern und Priestern mit hineingeworfen. Manche Statuen wurden jedoch nachts wieder herausgefischt, von Fanatikern, die sie in nicht auffindbare Verstecke brachten. Das erklärt die Seltenheit dieser Standbilder und demzufolge ihren großen Wert. Viele Forscher, die auf der Suche nach diesen Schätzen waren, sind nie wieder zurückgekehrt", sagt Marie mit einem Seufzer.

Ich fange an zu verstehen.

„Euer Vater wird also über diesen Diebstahl sehr verärgert sein, aber schließlich handelt es sich nur um ein Stück Holz, das grob bearbeitet war, oder?"

Sie sind gar nicht einverstanden.

„Grob bearbeitet? Na weißt du, Mic, die indianischen Schnitzer erreichten Vollendung in ihrer Kunst!

Außerdem, auch wenn der Kopf nicht so schön wäre, würde Papa es mir nie verzeihen, ihn verloren zu haben, denn er gehörte nicht ihm."

Das hat noch gefehlt und verschlimmert die ganze Lage beträchtlich.

---

* El Dorado (spanisch): der vergoldete Mann. Im übertragenen Sinn: das Land des Goldes.

Jetzt verstehe ich auch besser, warum Luc ein solch betrübtes Gesicht macht.
„Wem gehört er denn?"
„Dem Pater José!"
„Der Brüder-Gemeinde!"
„Den kleinen hungernden Indianern!"
Wie immer, wenn alles durcheinandergeht, wende ich mich an Marie:
„Ich habe keine Lust, mir eine Hirnhautentzündung acht Tage vor Schulbeginn zu holen. Marie, gib mir bitte eine Erklärung, oder ich gebe es auf."
„Na gut", erwidert Marie geduldig. „Du weißt, daß Peru in der Vergangenheit sehr reich war, aber jetzt sehr arm ist?"
„Ich weiß. Ihr habt mir geschrieben: ‚Wir sind bei den Inkas, deren Reichtümer die spanischen Konquistadoren * geblendet haben'."
„Es gab auch Grund genug dafür! Die Inkas aßen und tranken von Goldgeschirr. Sie reisten nur auf Tragebetten, deren Holzgriffe mit Gold und Silber eingelegt waren, unter Betthimmeln mit Goldbögen, die mit Edelsteinen verziert waren, die Brust mit einem Goldschild bedeckt, die Hand auf einer goldenen Hellebarde ruhend, die Kleidung mit Goldsonnen, Silbermonden und Diamantensternen bestickt."
„Aber die Herrschaft der Inkas wird nicht nur wegen dieser Kostbarkeiten das Goldene Zeitalter genannt", ergänzt Luc, den mehr die moralischen Werte als die Zeichen des Reich-

* Konquistadoren: spanische Eroberer Südamerikas im 16. Jahrhundert.

tums bewegen, „sondern weil diese Herrscher auch wirklich den Wohlstand und das Glück ihrer Untertanen gewährleisteten..."

„...dieser Untertanen, die jetzt nur noch armselige Indianer sind", fährt Marie fort. „Sie haben ihre Ländereien verloren, ihre Traditionen und sind in fürchterliche Wellblechslums eingepfercht. Die Nachkommen dieses prunkvollen Kaiserreiches sind Menschen in Lumpen geworden, Desperados. * Limas Straßen sind übersät von bettelnden Kindern, mit Hunger im Bauch geboren, die schon jetzt mit ihrem Schicksal hadern."

„Man tut nichts für sie?"

„Die Reichen schließen die Augen, um in Ruhe verdauen zu können ... wie in allen Ländern der Erde! Es gibt einige Menschen guten Willens. Jedoch zu wenig", stellt Luc bitter fest.

„Der Pater José gehört zu diesen wenigen", ergänzt Marie. „Mit fünf Geistlichen, die bei ihm leben, hat er einen Teil seines Klosters in eine Art Asyl umgewandelt, wo die Kinder eine Unterkunft für die Nacht finden und wenigstens eine Mahlzeit am Tage bekommen. Selbstverständlich ist der Pater ständig in Geldnot."

„Eines Tages", erzählt Luc weiter, „zeigte er unserem Vater diesen Kopf, der wahrscheinlich früher mal den Indianern abgenommen worden ist. Papa hat ihm versichert, daß dieser Kopf einen enormen Wert hat, und hat ihm vorgeschlagen, ihn auf seine Rechnung in Paris zu verkaufen."

„Aber euer Vater kommt ja jetzt noch gar nicht zurück, warum hat er den Kopf nicht bei sich behalten?"

---

* Desperados: Verzweifelte

Die Gesichter meiner Freunde zeigen mir, daß wir uns jetzt dem Kernpunkt nähern.
„Er dachte, der Kopf wäre in Paris besser aufgehoben", gesteht Luc.
„Das kann man ja nun nicht gerade behaupten. In Lima war der Kopf also bedroht?"
„Irgend ein Kerl war zu Hause vorstellig geworden, um ihn zu kaufen. Er hat aber einen viel zu niedrigen Preis geboten. Außerdem steht Papa auf dem Standpunkt, daß ein Museum für ein solch wichtiges Stück vielleicht Interesse zeigen könnte."
„Mit einem Wort, euer Vater hat den Verkauf abgelehnt?"
„Ja, und der Mann war außer sich vor Wut", setzt Phil hinzu. „Er verließ Papa und schwor ihm, daß er bereuen würde, den Handel mit ihm nicht abgeschlossen zu haben."
„Und Herr Gambier hat sich dann Sorgen gemacht?"
„Na, versetze du dich mal in Papas Lage, zumal er sich gerade darauf vorbereitete, mit Mama wieder in die Anden zurückzukehren. Und da wir am Tag darauf nach Paris fliegen sollten, gab er uns den Kopf mit. Wie sollten wir wissen, daß der Mann dies ahnen würde?"
„Wie sollte man vor allem wissen", bekräftigt Marie, „daß er genau erraten würde, wie das Paket verpackt ist, um das gleiche Paket zu packen und es im richtigen Moment mit unserem zu vertauschen? Das grenzt doch an Hexerei!"
„Habt ihr diesen Mann im Flugzeug wieder gesehen?"
„Nein", versichert Luc, „aber das beweist nichts. Er kann sich verkleidet oder die Angelegenheit einem Helfer anvertraut haben. Aber wie haben sie's bloß gemacht? Ich habe das Paket nicht eine Sekunde losgelassen!"
„Nein, keine Sekunde. Aber eine halbe Stunde bestimmt!"

Diese Berichtigung von Marie empört ihren Bruder. Er ist schon ein patenter Kerl, unser Luc, aber doch um eine Spur zu selbstbewußt. Wenn man in der Schule auf Auszeichnungen abonniert ist, fällt es einem schwer, die eigenen Fehler einzusehen.

Das ist etwas, was mir nicht passieren kann: Die Auszeichnungen gehen so weit an meinem ruhigen Mittelmaß vorbei, daß meine natürliche Bescheidenheit keinen Schaden erleidet.

Indessen fährt Marie fort:

„Erinnerst du dich, als die Stewardeß zwischen Quito und Caracas den kleinen Tisch zum Abendessen herunterklappte? Ich sehe dich noch, wie du das Paket zwischen deine Füße legtest, um bequemer essen zu können!"

„Da muß also", ergreife ich das Wort, „derjenige, der den Tausch vorgenommen hat, ganz nahe bei dir gesessen haben."

„Ich saß daneben", sagt Marie. „Und auf der anderen Seite des Ganges saßen Phil und Oliver."

„Nun bist du dran, Phil, versuche dich zu erinnern: hast du gesehen, wie sich jemand während des Abendessens zwischen dich und Luc beugte?"

Phil zieht ein Gesicht.

„Da hast du Pech! Ich fühlte mich schon eine ganze Weile nicht mehr wohl. Und beim Geruch des Essens war's ganz aus."

„Er ist ganz blaß geworden", bemitleidet ihn Oliver.

„Ich habe sogar mein Tablett umgeworfen, als ich aufstand, um die Stewardeß zu rufen!"

„Brauchst damit gar nicht anzugeben", sagt Luc. „Wenn ich an diesen Vorfall denke, schäme ich mich noch!

Wir hatten unser Bestes getan, um uns gesittet zu benehmen, und dann kommt dieser Hampelmann und wirft das Tablett um. Alles hat was abbekommen, Sessel, Boden undsoweiter."
„Wenn mein Bruder krank ist", sagt Oliver großartig, „rufe ich, ganz gleich, was danach kommt!"
Oliver kann noch so sehr den starken Mann spielen, er vergöttert seine Zwillingshälfte. Ich stelle ihn mir vor, wie er wie ein Teufel von seinem Sitz aufspringt und ringsherum alles durcheinanderbringt. Und mein wohlerzogener Luc wird in diesem ganzen Tumult rot vor Scham und fleht Bochica und andere Götter an, daß sie seine Brüder in Holzfiguren verwandeln mögen!
„Ja, aber sagt mal, dieses Durcheinander... das war doch der günstigste Augenblick zum Handeln!"
„Niemand hat sich gerührt", versichert Luc. „Außer dem alten Herrn, der hinter mir saß und sich vorbeugte, um uns allen Pfefferminzbonbons anzubieten. Der Steward hat alles aufgeräumt, und Phil ist eine Zeitlang vorne im Stewardessenraum geblieben. Das ist alles."
„Moment mal, ich muß nachdenken. Dieser alte Herr mit den Bonbons, könnte das der Käufer aus Lima gewesen sein?"
„Nie im Leben! Der Mann aus Lima war groß, kräftig und der im Flugzeug ein kleines, verhutzeltes Männchen!"
„Und wo stieg das Männchen aus?"
„In Paris, wie wir", versichert Marie. „Warum interessiert dich dieser alte Mann so sehr, Michel?"
„Moment, ich möchte etwas genau wissen: Trug er etwas auf dem Arm, als er ausstieg?"
„Einen Regenmantel", ruft Oliver. „Stell dir vor, bei dieser Sonne! Beinahe hätte ich ihm gesagt, daß er am falschen Ort aussteigt und wir nicht in London sind!"

„Und ich", sagt Phil, „hatte solche Sehnsucht nach Omi, daß ich den alten Herrn sogar angestoßen habe, beim Hinausgehen. Ich kann mich sogar erinnern..."

Phil bricht ab, die Augen sehen noch erstaunter aus als sonst. Seinen Satz beendet er mit den Worten, die ich erhoffte: „Ich habe unter seinem Regenmantel etwas Hartes gespürt..."

Die Spannung läßt alle verstummen, außer Sokrates, der mehrere „Veni, vidi, vici" als gutes Omen von sich gibt.

„Langsam, Sokrates, noch haben wir nicht gesiegt! Wir haben lediglich eine Spur gefunden."

„Glaubst du wirklich?" fragt Luc, der feste Beweise haben muß, um überzeugt zu sein.

„... daß der kleine Alte euch diesen Streich gespielt hat? Es ist sehr gut möglich. Er saß auch so, daß er Gelegenheit dazu hatte. Das Unwohlsein von Phil kam ihm wie gerufen. Mit seinem Regenmantel hat er beim Abflug das Paket mit dem Holzstück verdeckt und bei der Ankunft das andere Paket, das er euch gestohlen hat. Das ist zwar alles nicht sicher, aber immerhin möglich."

„Mic, du bist einfach Klasse!" versichert Marie mit glänzenden Augen.

Sie sieht so zufrieden aus, daß ich mich nicht traue, ihr sofort all die Schwierigkeiten auseinanderzusetzen, die uns ohne Zweifel erwarten.

Die geheimnisvollen Ringe

Zum Glück haben meine Freunde keine alltägliche Großmutter. Bei der Mitteilung der Einzelheiten zu dem Diebstahl, dessen Opfer Luc geworden war, wäre jede andere Großmutter in Weh- und Ach-Rufe ausgebrochen und sofort zur Polizei gelaufen. Aber diese Großmama begnügt sich mit einem zufriedenen Kopfnicken, als sie meine Schlußfolgerungen hört.

„Gut überlegt, Michel. Ich hoffe sehr, daß du nicht auf halbem Wege aufgibst?"

Mit ihrer Erlaubnis also gehen Marie, Luc und ich noch am gleichen Nachmittag zum Flugbüro der Air France, um Namen und Anschrift des alten Herrn zu erfahren. Das hört sich ganz simpel an.

In jedem Krimi zieht der Detektiv einen Ausweis, den er diskret vorzeigt:

„Polizei! Zeigen Sie uns bitte die Liste der Passagiere."

Worauf er zu allen Archiven Zugang erhält und innerhalb von zehn Minuten alles über den Verfolgten in Erfahrung bringt, einschließlich des Alters, in dem der Verdächtige seinen letzten Lutscher gekauft hat.

Aber wir, wir haben nur unsere Mitgliedskarten vom Sportclub, und das scheint der blonden Dame nicht zu genügen. Mit einem Lächeln und sanfter Stimme, aber sehr bestimmt, lehnt sie die Auskunft ab. Ich werde es mit energischem Ton versuchen: „Fräulein, Sie gehören doch hier zum Auskunftsdienst, nicht wahr? Und wenn Sie es ablehnen, uns Auskunft zu geben, wozu sind Sie dann da?"

Das Lächeln vergeht dem schönen Fräulein.

„Junger Mann, wir sind nicht verpflichtet, jedem x-beliebigen Auskünfte zu geben!"

Ich, der beste Torwart, den die Mannschaft des Gymnasiums hat, ich muß mich als „x-beliebigen" betiteln lassen. Natürlich fange ich jetzt an zu schimpfen, während Luc vergeblich versucht, mich wegzuziehen, und immer wiederholt: „Entschuldigen Sie bitte, mein Freund ist etwas nervös, wissen Sie..."

Es gibt aber Gelegenheiten, bei denen man sich nervös zeigen muß! Beweis: Unsere Stimmen haben einen uniformierten und imponierenden Mann herbeigelockt, vor dem unser widerspenstiges Fräulein vor Ehrerbietung zerfließt.

„Was wollen denn diese jungen Leute?"

Er lächelt uns liebenswürdig an. Die sanfte Marie, die noch nichts gesagt hat, tritt in Aktion. „Gestern", sagt sie, „sind wir ohne unsere Eltern aus Lima zurückgekehrt. Während des Fluges wurde mein kleiner Bruder krank, und der alte Herr, der hinter uns saß, war sehr nett zu ihm... Meine Großmutter hätte gern seinen Namen erfahren, um ihm persönlich zu danken."

Was übrigens stimmt. Als wir ihr von Philippes Unwohlsein erzählten und bevor sie von dem Diebstahl erfuhr, war Omi ganz gerührt von der Liebenswürdigkeit des alten Herrn mit den Bonbons.

Der uniformierte Herr ist auch ganz gerührt.

„Das ist ein sehr verständliches Ansinnen. Es scheint mir,

mein Fräulein, daß wir hier einmal eine Ausnahme machen sollten..."

Die junge Dame kneift ein wenig die Lippen zusammen, findet aber sehr schnell ihr freundliches Berufslächeln wieder.

„Wenn Sie die Verantwortung dafür übernehmen..." Marie braucht nur noch die Flugnummer und den Platz des Herrn im Flugzeug anzugeben. Nach einigem Suchen schreibt die junge Dame etwas auf ein Papier, reicht es ihrem Vorgesetzten. Sie legt unbedingt Wert darauf, die Verantwortung abzuschieben, diese charmante und so wenig liebenswürdige Person. Der Herr, dem das Ganze Spaß zu machen scheint, überreicht feierlich das begehrte Papier an Marie, die ihm ihr schönstes Lächeln schenkt, ein richtiges und natürliches Lächeln, im Gegensatz zu dem Lippenverziehen der dummen Gans, das wie eine Grimasse wirkt.

Dieses Mal bin ich es, der seine Freunde zum Ausgang zieht. Im Eiltempo laufen wir bis zur nächsten Bushaltestelle. Dort, hinter einer Gruppe von Leuten verborgen, lesen wir endlich die für uns so wertvolle Adresse:

M. Libermann, Juwelier, 118, Rue du Fleuron.

Ich kann ein bewunderndes Pfeifen nicht zurückhalten.

„Verflixt, das sind aber feine Leute!"

Marie läßt sich nicht beeindrucken:

„Schnell! Wie sind gerade zwei Schritte von der Rue du Fleuron entfernt. Gehen wir gleich hin."

Ich bin einverstanden, aber Luc scheint nicht gewillt mitzugehen.

„Worauf wartest du?" wundert sich Marie.

„Wir brauchen einen Vorwand", antwortet Luc seufzend. Das bremst sofort unseren Schwung.

„Glaubst du wirklich, man müßte..."
„Na klar, was denkt ihr denn", antwortet Luc. „Ihr geht einfach drauf los, ohne zu überlegen. Wir haben die Anschrift des alten Herrn, und was nun? Wir können nicht einfach bei ihm erscheinen und sagen: ‚Geben Sie uns den Kopf zurück, den Sie uns gestern gestohlen haben!'. Er würde uns ins Gesicht lachen und uns Lügner nennen."
Na, sagte ich nicht vorhin schon, daß die Schwierigkeiten erst beginnen?

Wir treffen die Zwillinge und ihre Omi in einer Allee der Tuilerien.* Die Zwillinge haben einen unglaublichen Erfolg. Sie haben Sokrates dabei, der mit einem Kettchen am Bein festgehalten wird und abwechselnd auf der Schulter des einen, dann wieder auf dem Kopf des anderen seine lateinischen Weisheiten lauthals verkündet. Man könnte glauben, er wäre in einem früheren Leben Repetitor im Gymnasium gewesen.
„So'n Zirkus! Ich verstehe nicht, warum Omi ihnen das erlaubt", murmelt Luc.
Marie bleibt sanft: „Arme Omi! Nach drei langen Monaten der Trennung hat sie wahre Schätze an Nachgiebigkeit auf Lager."
Ich begnüge mich, leise zu kichern.
Während sich das Trio vor den Neugierigen brüstet, holen wir Frau Gambier ein. Sie sitzt abseits auf einer Bank, und dort erzählt ihr Marie, was wir gerade erfahren haben.
„Gut gearbeitet, Kinder. Wie wär's, wenn wir zum Gegenangriff übergingen?"

---

* Tuilerien: Parkanlagen im Zentrum von Paris

Sie steht auf, zieht den Rock ihres grauen Kostüms zurecht, tastet mit den Fingerspitzen den Sitz ihrer Frisur ab und ist im Begriff zu gehen.
„Omi, warte doch auf uns“, protestiert Luc. „Außerdem, wohin willst du eigentlich?“
Unsere „Schock-Omi“ sieht uns überrascht an:
„Wohin ich will? Zu Herrn Libermann, selbstverständlich!“

An diesem sonnigen und lauen Septembernachmittag ist die Rue du Fleuron um fünf Uhr voller Menschen. Frauen vor allem, die voll Entzücken vor den Schaufenstern stehen:
„Sieh mal, dieses Kostüm... und dieser Mantel...“
Man könnte meinen, die schlechte Jahreszeit käme ihnen nicht schnell genug, allein um das Vergnügen zu haben, neue Kleidung zu kaufen.
Das Schmuckgeschäft Libermann ist ungefähr in der Mitte der Straße. Das Äußere ist unauffällig, aber geschmackvoll. Sicherheitsgitter hinter dem Schaufensterglas beweisen, daß man hier kein Doublé verkauft.
Omi übernimmt die Leitung des Unternehmens.
„Ihr vier, ihr bleibt hier draußen. Dieser Herr hat euch im Flugzeug gesehen, ihr würdet ihn daher nur stutzig machen. Michel und ich werden unter irgendeinem Vorwand in das Geschäft gehen und uns davon überzeugen, daß der Besitzer auch wirklich euer alter Herr aus dem Flugzeug ist. Ich kenne schon sein Äußeres: klein und griesgrämig, stimmt's?“
„Und einen seltsamen Ring am Finger“, fügt Oliver hinzu, den diese Jagd begeistert.
Ich zucke mit den Schultern. Was soll's? Aber Phil leistet Schützenhilfe:

„Ja, einen Ring mit einem grünen, ovalen, enormen Stein. Ich habe es genau sehen können, als er mir die Bonbontüte reichte!"

Omi Gambier nickt ernsthaft.

„Danke, ihr seid Schätze, das ist ein wertvoller Hinweis." Und sie zieht mich zum Geschäft. Ich habe gerade noch Zeit zu sehen, wie Marie mit erstauntem Gesicht den Zwillingen Fragen stellt, die diese mit vielen Gesten beantworten. Was will sie bloß wissen? Omi Gambier öffnet die Tür des Geschäftes, und wir dringen in die Höhle des Löwen ein.

Ich betrete zum ersten Mal ein Luxusgeschäft. Ab und zu, wenn ich mit Mutti einkaufe, bleiben wir vor solchen Auslagen stehen und spielen „Was ich dir schenke, wenn ich reich bin". Bis jetzt haben wir aber noch nicht den Mut gehabt, dieses Spiel auch im Inneren eines solchen Geschäftes fortzusetzen.

Schade! Es ist ein Genuß, sich in dieser gedämpften Atmosphäre zu bewegen. Überall Teppiche, hohe, schlichte Spiegel, Verkäufer mit weißen Ärmelschonern, die mit Bewegungen von Zauberern Schatullen öffnen, in denen Geschmeide glitzern...

Omi Gambier ist begeistert, hier zu sein. Nachdem bei mir die erste Neugier befriedigt ist, sehe ich mich um und bin nun in Sorge. Keiner von den Herren, die die Kundschaft bedienen, entspricht der uns gegebenen Beschreibung. Nun steht eine Kundin auf und stößt mit einer verächtlichen Bewegung all die prächtigen Armbänder zurück, die sie vorher anprobierte. Entweder ist sie eine blasierte Milliardärin, oder sie macht es wie Mama: Sie spielt und hat viel Spaß dabei! Auf jeden Fall läßt sich der Verkäufer seine Gedanken nicht anmerken. Mit Ehrerbietung begleitet er sie zur Tür, während ein Gehilfe die Armbänder wieder aufräumt. Und nun kommen wir an die Reihe.

„Sie wünschen, gnädige Frau?"

Aus Omi Gambier wird eine ganz große Dame:

„Ich hätte gern mit Herrn Libermann gesprochen."

An Stelle des Herrn wäre ich beleidigt, aber er verliert nichts von seiner Freundlichkeit.

„Herr Libermann wird heute nicht ins Geschäft kommen, gnädige Frau. Er ist gerade von einer langen Reise zurückgekehrt und ruht sich aus. Aber vielleicht kann ich Ihnen ausnahmsweise behilflich sein?"

Omi Gambier wechselt einen enttäuschten Blick mit mir. Wie sollen wir es anstellen, damit unsere Aufdringlichkeit nicht unangenehm auffällt? Sie stottert:

„Nun ja... wir suchten... wir wollten eigentlich..."

Plötzlich fallen mir die Einzelheiten ein, die die Zwillinge aufgezählt haben, und ich platze damit heraus:

„Einen Ring! Ja, ein Geschenk für meinen Vater. Genauer gesagt: einen Ring mit einem Stein."

„Aber selbstverständlich. Ich lege Ihnen gern eine Auswahl vor."

Er geht zu einem Auslagentisch, aber Omi Gambier hält ihn zurück:

„Nein, es ist nicht notwendig. Wir hatten uns auf einen ganz bestimmten Ring festgelegt. Wissen Sie, so ähnlich, wie der Ring, den Herr Libermann trägt."

Diesmal scheint der Verkäufer perplex. Haben wir etwa eine Dummheit gesagt? Haben sich die Zwillinge getäuscht?

„Der Ring von Herrn Libermann? Den gleichen?"

Omi bestätigt eifrig. Jetzt hält es der Verkäufer doch für notwendig, sich genauer auszudrücken:

„Das heißt... Ich weiß nicht, ob Sie sich über den Wert dieses Ringes ganz im klaren sind. Es handelt sich um einen wunderschönen Smaragd, ganz speziell von einem Experten geschliffen..."
Mein Gott, in welches Wespennest haben uns die Zwillinge gesetzt? Omi Gambier ist elegant, sie sieht fein aus, aber der Verkäufer ist ein zu guter Menschenkenner, um nicht zu merken, daß wir keine Käufer von seltenen Stücken sind! Er versteht unser Zögern und fügt hinzu:
„Herr Libermann ist ein von der ganzen Welt anerkannter Spezialist für Smaragde. Sie müssen nämlich wissen, wenn diese Steine absolut rein sind, sind sie noch wertvoller als Brillanten. Smaragde wie der von Herrn Libermann sind äußerst selten. Aber vielleicht könnte ein kleinerer..."
Er lächelt freundlich.
Omi Gambier greift sehr erleichtert nach dem rettenden Strohhalm.
„Aber ja, vielleicht! Wie denken noch mal darüber nach."
Er begleitet uns zur Tür, öffnet sie mit einer Verbeugung, und wir brauchen nur noch das Geschäft zu verlassen. Omi mit hocherhobenem Kopf, ich eher niedergeschlagen, denn es scheint mir, daß unser Unternehmen erfolglos war... In dem Moment, als wir den Laden verlassen wollen, sehe ich im hinteren Teil des Geschäfts eine Tür sich öffnen. Ein großer Kerl in einem grauen Anzug geht durch diese Tür und hört aufmerksam jemandem zu, der etwas hinter ihm steht. Dann betritt der Große das Geschäft, und bevor die Tür sich wieder schließt, habe ich Zeit, den Schattenriß des Gesprächspartners wahrzunehmen: ein kleiner Alter mit grauem Haar, ein Mann, dessen Äußeres genau dem entspricht, das meine Freunde beschrieben haben. Diese Erscheinung dauert

nur eine Sekunde... und doch, als ich neben Omi Gambier auf der Straße stehe, weiß ich eines ganz bestimmt: Für einige Leute ist Herr Libermann wohl doch zu sprechen.

Seltsam, Marie und Luc lassen uns nicht zu Wort kommen. Sie geben den Ton an und mit welchem Eifer!
„Endlich, da seid ihr ja!“ sagt Luc, genauso als hätten wir einen harmlosen Einkauf gemacht. „Hört mal zu: Dank den Zwillingen haben wir eine überwältigende Entdeckung gemacht!“
„Dank den Zwillingen? Nicht möglich!“
„Oh“, protestiert Marie, „sei nicht so frech! Urteile selbst. Du hast doch gerade noch gehört, was sie sagten, bevor du das Juweliergeschäft betreten hast: daß der Verdächtige im Flugzeug einen Ring trug mit einem großen, grünen, ovalen Stein. Nun, du kannst dich erinnern... wir haben dir erzählt... als der Mann, der in Lima den Kopf kaufen wollte, Papas Arbeitszimmer verließ, blieb er einige Minuten im Gang stehen und drängte noch weiter. Und ich habe ihn von ganz nah gesehen.“
„War es Herr Libermann?“
„Aber keineswegs“, versichert Marie. „Er machte einen jungen Eindruck und war groß und kräftig.“
„Ich begreife immer noch nicht, was die Zwillinge mit der ganzen Sache zu tun haben.“
„Gleich komme ich darauf“, sagt Marie schnell. „Während Papa dem Besucher die Tür aufhielt, um ihn hinauszulassen, legte dieser die Hand an den Türrahmen. In dem Moment sah ich etwas an seinem kleinen Finger aufblitzen.“
„Einen Ring?“
Marie nickt mit dem Kopf.

„Ja, einen Ring mit einem großen, grünen, ovalen Stein..."
„Den gleichen wie den von Herrn Libermann, eurem Reisegefährten..."
Die Gedanken jagen sich in meinem Kopf. Das ist wirklich ein interessantes Indiz. Diese beiden Männer sind Komplizen, gehören zu irgendeiner Organisation, deren Mitglieder einen Smaragdring als Erkennungszeichen tragen. Die Angelegenheit nimmt eine Form an, die ich nicht für möglich gehalten hätte. Was sollen wir jetzt tun? Hier auf der Straße, wo die Leute uns hin und her schubsen, kann man einfach nicht nachdenken.
„Laßt uns nach Hause gehen", sagt Omi Gambier, „wir besprechen die Angelegenheit dort weiter. Wo sind die Zwillinge?"
Einige Schritte von uns entfernt hält Philippe Sokrates auf seiner Faust und wiederholt ein Wort, das der Papagei zu schätzen scheint. Oliver, angelehnt an den Kotflügel eines imposanten dunkelgrünen Sportwagens, biegt sich vor Lachen.
„Was führen die beiden Lausebengel bloß wieder im Schilde?" seufzt Omi und macht ihnen energisch Zeichen zu kommen.
Philippe stürzt strahlend herbei:
„Hört mal, was Sokrates sagt: Er beschwört den Gott der Chibchas! Los, Alter, sprich mal!"
Der Vogel schlägt mit den Flügeln, öffnet den Schnabel, zögert und schmettert dann mit schriller Stimme:
„Zum Bochica!"
Die Leute drehen sich um. Wenn wir nicht schleunigst unser Wundertier einsperren, haben wir bald einen Menschenauflauf um uns herum. Zumal Sokrates, stolz über sein neues

Wissen, weiter „Bochica“ krächzt. Ein sehr großer, gut angezogener Herr, der an uns vorbeigeht, zieht die Augenbrauen hoch. Nanu, den kenne ich doch, das ist der große Kerl, der vorhin mit Herrn Libermann verhandelte! Er geht schnurstracks auf den Sportwagen zu. Offenbar außer sich über die Respektlosigkeit von Oliver, packt er diesen beim Arm und schiebt ihn unsanft weg. An seiner Stelle hätte ich das gleiche getan, aber Oliver schätzt so etwas nicht. Während der Mann sich an das Steuerrad setzt, ruft er ihm nach:
„Zum Bochica! Rüpel!“
Dieses Mal erschrickt der Mann, seine Hand langt durch das offene Fenster. Wird er den ungezogenen Jungen ohrfeigen? Nein, er besinnt sich, läßt den Wagen an, schert aus und braust los.
Ich bin derart von seiner Geschicklichkeit fasziniert, daß ich nicht auf den kurzen Schrei von Marie achte, die neben mir steht.
Indem ich mich an Luc wende, seufze ich:
„Das ist ein Schlitten!!!“
„Hast du diesen Motor gehört?“ fragt Luc mit Begeisterung zurück.
Aber Marie schüttelt meinen Arm:
„Der Schlitten! Ihr habt nur Augen für solche Sachen! Habt ihr denn sonst nichts bemerkt?“
Omi Gambier mischt sich ein und sagt mit einer nachdenklichen Falte auf der Stirn:
„Ich habe gesehen, was du meinst. Als er die Hand ausstreckte, um Oliver eine Ohrfeige zu verpassen, der sie übrigens verdient hätte!“
Vor Verlegenheit beißen wir uns auf die Lippen, Luc und ich. Was mögen sie denn gesehen haben?

„Der Ring", ruft Marie aus. „Er trug einen Ring mit einem großen, grünen, ovalen Stein!"

Wir schauen uns sprachlos an — damit haben wir nicht gerechnet!

Der Kampf beginnt

Um die Rückkehr meiner Freunde zu feiern, hat Mutti sie zum Abendessen eingeladen. Punkt sieben sind alle da... außer Papa.

Wenn man einen Arzt zum Vater hat, kann man sicher sein, entweder nie gleichzeitig mit ihm essen zu können oder in kürzester Zeit einen kranken Magen zu bekommen.

Zum Glück ist Sokrates dabei, der die Anwesenden unterhält. Mama lacht wie ein Kind, und sogar die Zwillinge haben ihre gute Laune wiedergefunden. Sie waren trotzig und unwirsch angekommen: Ihre Omi hatte sie gezwungen, sich ordentlich anzuziehen! Und sowas können sie absolut nicht leiden. Sobald sie keine ausgewaschenen Blue jeans und zerknitterten Hemden tragen, kommen sie sich wie verkleidet vor.

Mama, die sie gut kennt, hütet sich, ein Wort über ihre Kleidung zu verlieren. Als aber Papa dann erscheint, immer eilig, immer mit seinen Gedanken woanders, spitzt sich die Lage wieder zu.

„Ihr seht ja prächtig aus, Kinder“, sagt fröhlich mein Witzbold von Vater. „Marie ist bezaubernd, Luc in bester Form und die Zwillinge in weißen Hemden, mein Gott, sehen sie gut aus: wie aus einem Modeheft!“

Mama wirft ihm einen vorwurfsvollen Blick zu. Mir selbst

macht es einen diebischen Spaß: Ich bin für ihr „Rundkopf“ von heute morgen gerächt. Oliver setzt seine trotzigste Miene auf. Ich bin sicher, daß er's einrichten wird, eher zwei Flecken auf sein Hemd zu machen als nur einen. Und was Phil anbelangt, so murmelt er irgendwas vor sich hin.

„Was gibt's, Philippe?“ fragt Mama liebenswürdig.

„Ich wollte“, antwortet er, „es gäbe Läden, in denen nur alte Sachen verkauft werden. Ich würde dort meine ganze Kleidung kaufen!“

„Ausgezeichneter Gedanke“, entgegnet Omi Gambier völlig ernst. „In den nächsten Tagen begleite ich dich zum Flohmarkt, und wir werden dann versuchen, dich für den Winter einzukleiden! Sicher sparen wir eine Menge Geld dabei! Wenn deine Mutter nächsten Monat zurückkommt, wird sie begeistert sein!“

Phil weiß nicht recht, ob es sich um einen Scherz handelt oder nicht. Bei näherer Überlegung scheint er aber doch nicht recht begeistert zu sein, auf dem Flohmarkt eingekleidet zu werden. So gehen wir mit einem eingeschnappten Oliver und einem besorgten Philippe in relativer Ruhe zu Tisch: Es besteht die Aussicht, das wir zumindest unsere Vorspeise in Frieden essen können.

Es ist angenehm, mit Freunden an einem schön gedeckten Tisch zusammen zu sein. Aber Vicky, die meiner Mutter in der Küche hilft, hätte sich nicht diese viele Arbeit machen sollen. Unsere Peruaner haben so viel spannende Erlebnisse zu berichten, daß wir kaum auf den Geschmack der Speisen achten. Luc spricht von den Ausgrabungen, die sein Vater machte und an denen sie teilgenommen haben.

„Wir haben viele Huacos gefunden. Das sind Töpferwaren,

die man in der vorkolumbianischen Zeit als Beigabe in die Indianergräber legte."
Und meine Freunde berichten eifrig weiter:
„Diese Vasen haben oftmals die Form von Tieren und Menschen."
„Manche zeigen ganze Szenen des täglichen Lebens: Frauen vor ihren Webstühlen, Ärzte, die Beine oder Arme amputieren, oder..."
„Genau!" wirft mein Vater ein. „Die Indianer waren ausgezeichnete Chirurgen."
„Und auch ausgezeichnete Musiker", ruft Philippe. „Auf ihren Lama- oder Schilfflöten kann man schöne Melodien spielen. Ich hab's versucht!"
„Diese Flöten findet man zusammen mit den Huacos neben gut konservierten Mumien. Diese Mumien sind in einem ‚Fardo' * eingenäht, und eine Maske aus Stoff, Holz oder Gold bedeckt manchmal ihr Gesicht."
„Und Geschirr, Körbe mit Baumwollknäueln in herrlichen Farben, Nadeln, Spindeln..."
„Kämme aus Dornen..."
„Schmuckkästchen, gefüllt mit echten oder aus Muscheln hergestellten Perlen."
„Zu jener Zeit gab es also auch schon falschen Schmuck", kann ich mir nicht verkneifen zu sagen. Mutti, von den Erzählungen meiner Freunde gefesselt, gibt mir ein Zeichen zu schweigen. Luc setzt seinen Bericht fort:
„Wenn Papa von seinen Ausgrabungen ein Stück Stoff oder einen Keramikscherben mitbringt, erklärt er uns, wie man

* Das „Fardo" besteht aus einem oder mehreren Leinentüchern aus sehr feiner Baumwolle, manchmal länger als 20 Meter und breiter als 4 Meter.

mit Hilfe dieser Dinge nach und nach die Geschichte der untergegangenen Zivilisationen schreiben kann."

Philippe steckt die Hand in seine Hosentasche, holt eine Faust voll lila Mais heraus und sagt:

„Das ist Mais, der älter ist als tausend Jahre! Den habe ich in einem kleinen Huaco bei einer Kindermumie gefunden, die mit ihrer Holzpuppe und ihrem Lieblingsvogel beigesetzt worden war. Die Federn des Vogels hatten noch ganz leuchtende Farben."

Luc vervollständigt:

„Es ist nicht schwer, Entdeckungen dieser Art zu machen. Viele Gräber befinden sich in der Wüste. Die Trockenheit erklärt, warum der Grabinhalt so gut konserviert ist."

„In Lima", fügt Marie hinzu, „ist die Luft immer sehr feucht, obwohl es niemals regnet, und man sollte ab und zu dieses Klima verlassen. Im Augenblick sind alle unsere Freunde in Cuzco. Wir waren mit dem Flugzeug dort, es liegt dreitausendsechshundert Meter hoch."

„Seid ihr nicht Opfer des ‚Soroche', der Höhenkrankheit, geworden?" fragt Papa. *

„Ein bißchen Kopfschmerzen hatten wir am Anfang... und Phil hatte Nasenbluten. Aber wir haben uns schnell angepaßt. Wir waren ja auch gegen diese rauhe Luft gut geschützt: Mützen mit Ohrenschützern, Ponchos aus Lamawolle, von den Indianern gewebt."

„Toll war Cuzco", unterbricht Oliver, der nicht aufhört, zornig an seiner Krawatte zu zerren. „Es gab Lamas auf den Straßen!"

---

* Soroche: Höhenkrankheit; die berühmte „geheiligte Andenkrankheit", die auf den bei zunehmender Höhe absinkenden Luftdruck zurückzuführen ist.

„Wir haben auf dem Marktplatz an einer Feier teilgenommen und scharf gewürztes Hackfleisch vom Ziegenbock gegessen und rohen Fisch mit einer sehr scharfen Sauce."
„Ausgezeichnete Ernährung für Kinder!" bemerkt Omi Gambier und zieht die Schultern hoch aus Protest.
„Ich bin überrascht, daß eure Eltern mit einem solchen Menü einverstanden waren."
Aber schon fährt Marie fort:
„Cuzco ist die Hauptstadt der Inkas, mit ihren dem Sonnengott geweihten Palästen und Tempeln. Sie waren mit purem Gold überzogen und mit Diamanten, Perlen, Amethysten und Rubinen besetzt."
Und weiter sprudelt es von allen Seiten:
„Wir sind dort spazierengegangen, wo früher der ‚Goldene Garten' war, der sich von der Stadt bis zum kleinen Fluß herunterzog. Die Bäume, die Blumen, die Tiere, alles war aus Gold und ebenso groß wie in der Natur."
„Als die Spanier damals in die Stadt einmarschierten, trauten sie ihren Augen nicht! Und dabei haben sie gar nicht alles gesehen! Man sagt, es befänden sich noch unsagbare Schätze in den unterirdischen Gängen, wo sie vor der Einnahme von Cuzco damals versteckt worden sind."
„Oliver hat übrigens beschlossen, eines Tages danach zu suchen, nicht wahr?" wendet sich Marie an ihren kleinen Bruder.
„Die Inkapaläste, von denen nur noch Fundamente übriggeblieben sind, waren wie die Tempel aus riesigen Steinen erbaut," berichtet Luc, „hoch wie Häuser! Und zwischen fünfzig und zweihundert Tonnen schwer!"
Während unsere Gäste alle Anwesenden mit der außergewöhnlichen Vergangenheit von Peru in ihrem Bann halten,

schmilzt das Trüffeleis auf den Tellern... sogar auf meinem! Niemals hat mich ein Tischgespräch so gefesselt, daß ich vergaß, meinen Lieblingsnachtisch zu essen!

„Man hat bis heute noch keine Erklärung dafür gefunden, wie es Menschen fertig gebracht haben, diese Blöcke aufeinanderzustellen. Sie sind so vollkommen aneinandergefügt, daß keine Messerklinge dazwischenpaßt und kein Erdbeben ihnen geschadet hat."

„Und wir haben ein Erdbeben gehabt!" ruft Phil ganz stolz.

„Was denn", entrüstet sich Omi Gambier, die blaß geworden ist, „und niemand hat es mir geschrieben?"

„Damit du dir nicht unnötig Sorgen machst", tröstet sie Luc. „Weißt du, es war ein kaum nennenswertes Beben, wie sie dort häufig sind. Gerade ein Donnerrollen; ein paar Sachen sind heruntergefallen, eine Glocke hat von selbst geläutet, ein Bild löste sich von der Wand, und Möbel rutschten weg... Für die Indianer ist das alles belanglos. Das hat uns aber immerhin eine Prozession zu Ehren des Erdbeben-Christus eingebracht, den Karl V. der Stadt Cuzco geschenkt hat."

Nachdem wir vom Hundertsten ins Tausendste gekommen sind, sitzen wir am Ende der Mahlzeit entspannt und völlig sorglos zusammen. Doch als wir dann im Salon sind und Marie die roten und schwarzen Bohnen, „Huayruros" genannt, die als Glücksbringer an ihrem Armband hängen, vor Mutti hin und herbewegt, bemerkt Papa Lucs finstere Miene.

„Na, mein Junge, was ist? Immer noch diese Geschichte mit dem gestohlenen Kopf? Michel hat mir beim Mittagessen davon erzählt. Wie weit sind die Nachforschungen gediehen?"

Papa ist Wissenschaftler: Er braucht alle Fakten, wenn er

sich für ein Problem interessiert. Wir haben ihm also von unserem Besuch in dem Juweliergeschäft Libermann erzählt und von dem überraschenden Erscheinen des Mannes mit dem Ring.
„Ist das der Mann, den ihr in Lima gesehen habt?"
„Nein", versichert Marie. „Der Mann in Lima war blond, beinahe kahl."
„Ein nordischer Typ", stellt Luc fest. „Der Mann mit dem Mercedes ist braun und trägt einen Schnurrbart wie ein Südamerikaner."
„Ihr habt es mit einer gut organisierten Bande zu tun. Einer versucht zu kaufen, und wenn es ihm nicht gelingt, stiehlt ein anderer", sagt Papa.
„Meine Güte, wie phantastisch erscheint mir diese ganze Geschichte", unterbricht Mama. „Kinder, seid ihr ganz sicher, daß ihr nicht phantasiert?"
„Es gibt eine Tatsache", meint Großmama Gambier, „man hat tatsächlich das Paket gestohlen, in dem sich der Kopf befand."
Papa zögert. Ich habe den Eindruck, daß auch er diese abenteuerliche Geschichte nicht ganz ernst nimmt. Man muß allerdings dazu sagen, daß er sich nicht sonderlich für Archäologie interessiert und überzeugt ist, daß der Kopf des Hohepriesters nur einen Sammlerwert darstellt.
„Wie dem auch sei", schließt er, „ihr könnt nicht damit rechnen, diesen Kopf selbst wiederzufinden. Man muß die Polizei einschalten."
Omi zieht ein Gesicht. Ich möchte schwören, daß sie die Berufung zum Kommissar Maigret in Röcken in sich verspürt und keineswegs geneigt ist, alles in die Hand eines offiziellen „Kollegen" zu legen.

„Dieser Herr Libermann ist sicher bekannt. Ihn direkt anzuklagen, ist gewagt", meint sie.

„Sie geben also jede Hoffnung auf, diesen Kopf wiederzufinden?" wundert sich Mutti.

Luc schnellt hoch:

„Das können wir doch nicht machen! Das wäre eine schreckliche Enttäuschung für den Pater José."

„Ja, aber was wollt ihr denn unternehmen?"

Omi tut, als zögere sie:

„Vielleicht könnten wir... selbst weitersuchen?" Luc und die Zwillinge strahlen: Das ist eine ideale Großmutter! Mutti scheint nicht ganz so begeistert zu sein:

„Diese Leute können unter Umständen gefährlich werden", sagt sie besorgt.

„Wir werden sehr vorsichtig sein", versichert Omi.

„Ich habe keineswegs die Absicht, den Rächer zu spielen! Aber ich glaube, wenn wir eine ernsthafte Spur fänden, würde uns die Polizei eher glauben, als wenn wir sie lediglich um eine Durchsuchung bäten. Was meinen Sie, Herr Doktor?"

Papa zieht an seiner Pfeife. (Wenn ich an seine vielen Patienten denke, denen er das Rauchen verbietet, so ist er nicht gerade ein Vorbild!)

Schließlich meint er:

„Ich glaube nicht, daß Sie es mit Dieben zu tun haben. Eher schon mit einem leidenschaftlichen Sammler, der bereit ist zu stehlen, wenn er nicht auf ehrliche Art zu einem seltenen Stück kommen kann. Es gibt also keine direkte Gefahr, aber Schwierigkeiten, deren Ausmaße Sie nicht kennen. Ein reicher Widersacher, verschwiegene Mitspieler und für Sie selbst kein legales Mittel zur Nachforschung... Sie werden nicht weiterkommen. Es wäre besser, ich würde meinen Freund Monin von der Kriminalpolizei benachrichtigen."

„Glaubst du, Papa, daß der Kommissar überhaupt was machen kann, wenn Herr Gambier selbst nicht hier ist, um Klage zu erheben? Der Diebstahl fand ja nicht in Frankreich statt. Wir haben überhaupt keine Beweismittel, die eine Untersuchung in Paris rechtfertigen. Offiziell kann die Polizei uns nicht helfen!"

Papa saugt heftig an seiner Pfeife.

„Vielleicht hast du recht, mein Junge, aber ich kann Monin als Freund davon in Kenntnis setzen. Versucht in der Zwischenzeit, soviel wie möglich über den Diebstahl zu erfahren, ganz diskret natürlich. Wer weiß, vielleicht hilft uns das weiter!"

Die Zwillinge stimmen begeistert zu.

„Wir werden das Ziel erreichen, dank Bochica!" Dieser Name weckt Sokrates, der auf der Lehne eines Sessels schlief. Auch er ruft den Namen des Chibcha-Gottes und schlägt mit den Flügeln. Luc hebt sein eigenwilliges Kinn. Marie, die Sanfte, zeigt plötzlich eine kriegerische Miene. Es besteht kein Zweifel, der Kampf beginnt!

Auf heißer Spur

Kommissar Monin ist ein Jugendfreund meines Vaters; ich kenne ihn also recht gut, was mir sehr nützlich ist. Er liebt es nämlich, von ihren gemeinsamen Jugendstreichen zu erzählen. Das ist für Papa zeitweise reinste Folter, vor allem, wenn er mich gerade für einen ähnlichen Unfug gestraft hat.

An jedem letzten Samstag des Monats kommt Kommissar Monin zum Abendessen zu uns. Nächsten Samstag, in zwei Tagen also, wird Vati ihm von dem Diebstahl berichten. Wir haben keine Zeit zu verlieren.

Ja, aber was unternehmen? Nach einem euphorischen Aufwachen: „Taten! Vorwärts!" bin ich ganz kleinlaut: Vorwärts wohin? Und welche Taten? Eine eiskalte Dusche ist das Richtige, um mich wieder auf klare Gedanken zu bringen.

„Michel, Telefon!" ruft Mama.

Das ist Luc, der entschieden besser in Form ist als gestern. „Kannst du dich sofort mit dem Freund deines Vaters, dem Kommissar, in Verbindung setzen?"

Solch eine Enttäuschung!

„Was? Ihr gebt die Nachforschungen schon auf? Dabei war doch die große Tugend unserer Vorfahren das Durchhaltevermögen. Selbst Sokrates kann dir das bestätigen."

„Sprich bitte nicht von diesem Vieh: Im Augenblick schläft der Kerl, aber die ganze Nacht hat er gepfiffen und gesprochen. Omi hat gedroht, ihn in den Backofen zu stecken."
„Ihr könnt ihn ja dem Kommissar schenken, wenn er den Kopf wiedergefunden hat. Ich rufe ihn also an."
Enttäuscht knalle ich den Hörer auf. Da strapaziert man seine grauen Zellen, um den Freunden zu helfen, und die überlassen sich ihrer angeborenen Trägheit! Ich lasse mich nicht wieder drankriegen! Während ich die Nummer des Kommissars im Notizblock suche, klingelt erneut das Telefon. Das ist schon wieder Luc.
„Was fällt dir denn ein? Ich hab' dir ja noch nicht einmal gesagt, was du den Kommissar fragen sollst..."
Ein Hoffnungsschimmer!
„Du willst also nicht, daß ich ihn bitte, sich um diese Angelegenheit zu kümmern?"
„He, nicht ganz so schnell. Wenn wir Omi die Verfolgung abnehmen, setzt sie uns acht Tage auf gekochte Nudeln! Wir brauchen aber eine Auskunft."
Ich bin begeistert:
„Ich frag' alles, was du willst!"
„Folgendes: Stell dir vor, Oliver, der bestimmt keine Tomaten vor den Augen hat, das müssen wir ihm schon lassen, hat sich die Nummer des Sportwagens gemerkt."
„Einfach toll! Ein As, dieser Bengel, aber verrate es ihm nicht. Er ist eingebildet genug."
Geräusche verraten mir, daß das As mitgehört hat und den Schluß meines Satzes ganz besonders genießt...
„Das wird uns die Möglichkeit geben, Namen und Anschrift des großen Kerls zu erfahren, praktisch eine richtige Spur zu bekommen! Er trägt den gleichen Ring wie der aus Lima

und wie Libermann, mit dem er sich offenbar gut steht. Man sollte also seine Spur aufnehmen, was meinst du?"
„Ich kümmere mich sofort darum, ihr könnt euch auf mich verlassen!"
Als ich dieses Mal auflege, bin ich wesentlich besser gelaunt als vorhin. Ich rufe den Kommissar an. Er läßt sich ganz schön bitten, aber als ich ihm versichere, daß Papa im Bilde ist und ihm am Samstag alle Einzelheiten erzählen wird, willigt er ein, die Präfektur anzurufen. Eine halbe Stunde später ist es an mir, Luc anzuläuten.
„Ein Henry Durrieux, Rue des Encadreurs, Nummer zwölf. Gehen wir hin?"
Am anderen Ende ist man in Hochstimmung. Ich höre Freudenschreie und ein „Veni, vidi, vici", was beweist, daß Sokrates aufgewacht ist. Omi Gambier antwortet mir:
„Bravo, wir erwarten dich!"
Uns steht noch ein spannender Tag bevor!

Die Rue des Encadreurs stößt direkt auf das Seine-Ufer. Das ist die Gegend der Antiquariate, der Kunst- und Büchersammler. Von weitem sehen wir die Nr. 12: Es handelt sich um eine Kunstgalerie. Sollte Henry Durrieux der Besitzer davon sein? Oder wohnt er nur ganz einfach in einer Etage des Hauses? Wir können auf jeden Fall mal die Galerie betreten. Aber wer von uns wird reingehen?
Luc entscheidet:
„Das ist nicht Maries Aufgabe, und auch nicht die der Zwillinge. Sie sind gestern zu sehr aufgefallen. Durrieux kann auch Omi und Michel im Juweliergeschäft gesehen haben. Also bleibe nur noch ich."
Omi protestiert:

„Ich verbiete dir, allein hineinzugehen. Nimm Michel mit. Er soll versuchen, sich ein wenig hinter dir zu verbergen. Ihr seht euch die Gemälde an und bemüht euch festzustellen, ob dieser Herr sich für indianische Kultur interessiert... aber das ist auch alles. Versprecht ihr das?“
„Abgemacht! Wir werden vorsichtig sein.“ Die anderen werden bei den Bouquinisten * am Seine-Ufer auf uns warten. Omi stellt sich so auf, daß sie den Eingang des Geschäftes aus schrägem Winkel beobachten kann. Sie würde am liebsten mit uns gehen.
„Komm schnell“, sagt Luc, „sonst überlegt sie es sich noch mal.“
Der Eingang des Ladens ist schmal, aber die Galerie geht tief in das Innere und ist viel größer als erwartet. Eine geschickt angebrachte Beleuchtung bringt die Gemälde und Wandteppiche auf beiden Seiten des Ganges zur Geltung. Im Hintergrund sitzt ein junges Mädchen an einem kleinen Tisch. Sie ist in einen dicken Wälzer vertieft und läßt sich nicht stören. Kaum, daß sie einen flüchtigen Blick an uns verschwendet. Das macht sie mir sympathisch. Ich kenne auch diese Begeisterung für ein Buch, das ganz plötzlich wichtiger ist als alles andere auf der Welt.
Auch die Galerie gefällt mir. Man hat den Eindruck, daß es das Reich eines kultivierten Menschen mit sehr sicherem Geschmack ist. Seltsam, ich kann mir den großen Kerl von gestern nicht vorstellen, wie er die Gemälde aufhängt, einen Schritt zurücktritt, um deren Wirkung festzustellen und auf die Harmonie der Farben zu achten.
Wir sind die einzigen Besucher. Langsam gehen wir durch

* Bouquinisten: Verkäufer von alten Büchern, Buchantiquariate.

die Galerie. Kein Zweifel: Alle Gemälde, die hier ausgestellt sind, stammen aus dem achtzehnten Jahrhundert und haben nichts mit peruanischer Kunst zu tun. Wir wenden uns dem Ausgang zu. Na, das junge Mädchen scheint sein Kapitel zu Ende gelesen zu haben. Seinem Lächeln nach zu schließen, befinden sich die Helden bei bester Gesundheit.
„Nun", sagt sie fröhlich, „das Zeitalter von Ludwig dem Fünfzehnten scheint euch nicht sonderlich zu interessieren?"
Luc wirft mir einen dieser Blicke zu, die bedeuten „Gehen wir auf's Ganze?", und entschließt sich anzugreifen.
„Stimmt, Fräulein. Man hat uns eine falsche Auskunft gegeben. Wir glaubten, hier eine Ausstellung vorkolumbianischer Kultur vorzufinden."
Dem jungen Mädchen verschlägt es den Atem.
„Woher wißt ihr das?" wundert sie sich. „Wir bereiten eine solche Ausstellung für Ende der Woche vor. Aber Herr Durrieux hat darüber noch nichts nach außen bekanntgegeben."
Es fällt uns schwer, unseren Jubel zu verbergen. Die Spur ist gut. Omi wird begeistert sein.
„Wer hat euch diese Auskunft gegeben?" fragt hartnäckig die junge Dame.
Egal, jetzt setze ich alles auf eine Karte.
„Wir waren gestern in einem Geschäft, und ich habe Herrn Durrieux davon sprechen hören."
Leider muß ich feststellen, daß meine Erklärung die junge Dame keineswegs beruhigt, wie ich erhofft hatte.
„Ihr seid Herrn Durrieux begegnet?" spöttelt sie.
„Das überrascht mich aber." Das freundliche Gesicht verschließt sich, und das junge Mädchen sieht mich an, als wäre ich der infamste Lügner. Ich bin wieder ins Fettnäpf-

chen getreten, und plötzlich verspüre ich für den armen Phil, der diese Art von Blicken zehnmal in der Woche zu spüren bekommt, eine große Zärtlichkeit.
„Warum denn?“ kontert Luc, der sich natürlich im Recht glaubt.
Das junge Mädchen ist aufgestanden und öffnet uns die Tür.
„Weil“, entgegnet sie sehr kalt, „Herr Durrieux dieses Haus seit Jahren nicht mehr verlassen hat: er ist an beiden Beinen gelähmt.“
Omi Gambier gehört zu den Leuten, die sich langweilen, wenn sich etwas von allein erledigt. Aber je komplizierter eine Sache wird, umso mehr fühlt sie sich in ihrem Element, also auch jetzt. „Eine Ausstellung vorkolumbianischer Kunst? Die Spur ist gut. Ein sogenannter Gelähmter? Eine Frechheit ist das! Gestern kam er noch ganz ohne Krükken aus!“
In dem Moment stürzen die Zwillinge, die am Ufer ein paar Schritte vor uns spazierten, auf uns zu.
„Schnell, schnell!“
Ich möchte wetten, sie haben einen Stapel Bücher umgeworfen, und ein Verkäufer, der ihnen eine Tracht Prügel verabreichen will, ist hinter ihnen her. Aber ich habe sie mal wieder falsch eingeschätzt.
„Der Wagen!“ Phil stottert vor Aufregung, „der Sportwagen!“
„Na und, was ist mit ihm passiert?“
Oliver packt mich am Arm, zerrt und zieht mich:
„Sieh doch, da steht er!“
Tatsächlich, der luxuriöse, dunkelgrüne Wagen steht am Bürgersteig. Aber das kann uns ja nicht überraschen.

„Selbstverständlich ist er da. Und? Es ist doch normal, daß Durrieux den Wagen in der Nähe geparkt hat.“
Meine Ruhe bringt die Zwillinge außer Fassung.
Plötzlich erscheint der große, dunkle Kerl aus dem Juweliergeschäft an der Ecke der Rue des Encadreurs und geht mit langen, sportlichen Schritten zum Wagen. Wie gern hätte ich jetzt das gekränkte junge Mädchen von vorhin vor mir, um sie nach der Wunderdroge zu fragen, die ihren Chef so schnell geheilt hat! Aber für Erklärungen ist keine Zeit. Luc drückt meine Hand:
„Hast du gesehen?“
Unter seinem Arm trägt der Mann ein Paket, das mit braunem Einwickelpapier verpackt ist... und es hat das gleiche Format wie das Paket von Luc, in dem der Kopf hätte sein sollen!
Auch Omi hat es gesehen und zeigt sich einmal mehr als eine Frau rascher Entschlüsse. Sie schiebt uns in ein Taxi.
„Wohin?“ fragt der Chauffeur.
Und Omi, sehr selbstsicher:
„Das weiß ich nicht so genau. Fahren Sie hinter dem grünen Sportwagen her, er wird uns den Weg zeigen.“
„Aber fahren Sie nicht zu nah ran“, empfiehlt Luc.
Der Fahrer lacht:
„Ich wette, ihr wollt dem Herrn Papa einen Streich spielen, nicht wahr?“
„Genau das“, bestätigt Omi. „Das ist zwar nicht der Papa, aber wir wollen ihm trotzdem einen Streich spielen, diesem Herrn!“
Und sie schwingt ihre kleine Handtasche, in der sich ihre Geheimwaffe befindet: ein Tränengasspray, das man in die Augen spritzt und das den Angreifer in ein hilfloses, heulen-

des Elend verwandelt! Seitdem die großen Kaufhäuser diese Waffe für alleinstehende Frauen verkaufen, trägt Großmama ständig so eine Dose bei sich!

Verfolgungsjagd mit Hindernissen

Ohne die Gefahr zu ahnen, die so hartnäckige Widersacher wie wir bedeuten, schleppt uns der Mann mit dem Sportwagen durch ganz Paris. Von roter Ampel zu grüner Ampel folgt unser Taxi brav seiner Spur. Die Zwillinge, ganz bei der Sache, warnen den Fahrer:

„Achtung, er entwischt uns. Jetzt langsam, sonst sieht er uns!"

„Das macht euch wohl Spaß, die Kriminalisten zu spielen, was? Man könnte meinen, ihr verfolgt einen internationalen Verbrecher!"

Was würde der gute Mann sagen, wenn er ahnte, daß er vielleicht recht hat!

Wir verlassen das Zentrum. Der Verkehr ist noch dicht, doch bald biegt der Sportwagen von der Hauptstraße in eine kleine Seitengasse ein.

„Sagt mal, euer Monsieur fährt ja zum Flohmarkt. Wo soll ich da halten?"

Eine freie Parklücke am Straßenrand: der Sportwagenfahrer rangiert den Wagen hinein.

„Halten Sie bitte an der Straßenecke", sagt Omi. Durrieux schließt seinen Wagen ab und begibt sich auf den Markt, das Paket noch immer unter dem Arm.

„Meine Güte", seufzt Marie ängstlich, „er wird doch wohl

nicht diesen wertvollen Kopf an einen Trödler verkaufen?"
„Schnell, verfolgen wir ihn", zappeln ungeduldig die Zwillinge.
„Wir sind zu viele und werden auffallen; also trennen wir uns", schlägt Omi vor. „Die Zwillinge kommen mit mir. Ihr drei Großen geht da durch. Treffpunkt hier, sobald wir wissen, wohin der Mann gegangen ist."
Unser Weg läuft parallel zu dem des falschen Gelähmten. Zwischen den Buden hindurch können wir immer wieder sehen, daß er noch da ist. Er geht seinen Weg nicht allzu schnell, aber weiß offenbar genau, wohin er will. Auf beiden Seiten reizen uns die Buden mit ihren Auslagen. Ich würde ja gern in diesem Sammelsurium wühlen, aber leider ist es nicht möglich!
Der Mann geht immer weiter. Er scheint das Zentrum durchqueren und zum Ausgang des Marktes gehen zu wollen.
Endlich erreichen wir den letzten Querweg. Hier müssen wir höllisch aufpassen, um niemand auf uns aufmerksam zu machen. Aber vergebens warten wir auf das Erscheinen unseres Widersachers und entschließen uns dann, bis zur letzten Bude zu gehen. Obwohl genug Schaulustige da sind, kommt uns der Weg leer vor: Unser Mann ist verschwunden!
Luc ist niedergeschlagen, Marie macht ein saures Gesicht.
„Macht nicht solche Gesichter, wir werden ihn schon wiederfinden. Er muß in einer der letzten Buden dieses Ganges sein."
Wir bewegen uns ganz vorsichtig, spähen in das Innere eines jeden Ladens und beobachten scharf Verkäufer und Kunden, aber nirgends ist der große Mann im grauen Anzug zu sehen. Eine Abzweigung. Es wäre möglich, daß Durrieux

rechts eingebogen ist, während wir vorhin nach links gegangen sind. Sehen wir mal dort nach. Aufregung erfaßt uns. Wir vergessen die einfachsten Vorsichtsmaßnahmen. Bald sind aus den vorsichtigen Spürhunden drei aufgescheuchte Kinder geworden, die wie wild durch die Gegend flitzen, den Kopf in alle Buden stecken, ohne sich um die Reaktion der Besitzer zu kümmern und die sich von einer Seite zur anderen mit lauter Stimme zurufen:
„Siehst du ihn?"
Wir laufen nach links, dann wieder nach rechts und finden uns dort wieder ein, wo wir den Markt betreten haben.
„Wir haben ihn verloren. Unnötig, weiterzugehen." Ganz betreten, trauen wir uns nicht, uns anzusehen. Im Kino oder im Fernsehen sieht es immer so leicht aus, jemanden zu verfolgen... Ich werde Kommissar Monin fragen, wie seine Mitarbeiter es fertigbringen, eine Spur nicht zu verlieren. Es gibt da bestimmt einen Kniff, der uns entgangen ist. Müde und enttäuscht gehen wir zum Bürgersteig zurück, wo wir uns mit dem zweiten Teil der Detektivgruppe treffen wollen. Vielleicht haben sie mehr Glück gehabt als wir. Der Sportwagen steht immer noch am Ende der Straße. Und wen sehe ich mit dem Rücken zu uns darauf zugehen? Den Mann im grauen Anzug! Nur: Jetzt trägt er kein Paket mehr unter dem Arm...

Wenn ich davon träume, Schäfer in den Bergen zu werden, dann bin ich beinahe auf dem Nullpunkt angelangt. Auf jeden Fall passiert mir das jedes Mal, wenn ich bei einem wichtigen Fußballspiel einen Ball ins Tor kriege oder wenn ich eine Englischarbeit geschrieben habe (Beatles hin, Beatles her — ich bin allergisch gegen Englisch). Auch jetzt möchte

ich plötzlich auf eine schöne grüne Wiese versetzt werden... In diesem Moment erscheint unser Verstärkungstrio und gibt uns wieder Hoffnung.
„Der Sportwagen ist weg? Um so besser", sagt Omi lächelnd. „Wir sind dann freier und können dem Trödler, bei dem dieser Herr Durrieux das Paket gelassen hat, besser Fragen stellen. Wir müssen natürlich geschickt vorgehen."
„Ihr wißt, wer es ist? Einfach toll!"
Großmama versucht bescheiden auszusehen, was ihr aber nicht sehr gut gelingt.
„Der Zufall hat uns geholfen", gibt sie zu. „Stellt euch vor, wir hatten die Spur verloren und sind einen Augenblick umhergeirrt."
Wunderbar, das ist Balsam für unser Selbstbewußtsein.
„Und plötzlich kommt er aus einer Marktbude heraus, gerade vor uns! Ein Glück, daß er in eine andere Richtung ging und uns nicht anschaute. Aber wir haben das Paket auf dem Tisch gesehen und sind wieder zurückgekommen, um euch zu holen."
Wenn das Paket wirklich den Kopf enthält, brauchen wir nur noch die Polizei anzurufen, und bald wird das ganze Abenteuer zu Ende sein. Schade eigentlich, wir hatten so viel Spaß an der Sache!
Aber ich glaube, ich stelle mir das zu einfach vor. Um das Paket zu bekommen, müßte man auch den richtigen Trödlerladen wiederfinden.
„Wenn ich nur wüßte, geht's jetzt nach links oder nach rechts?" murmelt Omi Gambier.
„Omi", ruft Luc entsetzt, „du wirst uns doch nicht sagen wollen, daß du den Weg nicht mehr findest?"
„Mein Junge", erwidert Omi würdevoll, „du weißt ganz

genau, daß ich kurzsichtig bin und meine Brille nicht mitgenommen habe. Hinzu kommt noch, daß ich überhaupt keinen Orientierungssinn besitze. Wenn beispielsweise die Champs-Elysées nicht abschüssig wären, wüßte ich nicht, an welchem Ende sich der Arc de Triomphe befindet!"

Luc kann ein Stöhnen nicht zurückhalten. Wenn er nicht so auf seine gute Haltung erpicht wäre, würde er wohl vor Zorn mit dem Fuß aufstampfen.

„Mach dir nix draus", sagt Oliver väterlich, „wir sind ja auch noch da!"

Und tatsächlich, beide Jungen übernehmen, ohne zu zögern, die Führung, kaum daß sie an den Wegkreuzungen überlegen müssen. Aber einmal bekommen wir es doch noch mit der Angst zu tun. Phil behauptet, es ginge nach rechts, aber Oliver protestiert:

„Stimmt nicht: eine blaue Vase stand genau an der Stelle, wo wir einbiegen müssen, und hier ist keine blaue Vase zu sehen!"

Ein Glück, daß der Verkäufer einen Teil des Satzes aufgeschnappt hat:

„Die blaue Vase? Habe ich gerade im Augenblick verkauft!"

Die Zwillinge triumphieren: Sie hatten beide recht. Ich habe Zweifel. Wie soll man zu solch unsicheren Anhaltspunkten Vertrauen haben. Aber wir Großen mit unserem „Erfolg" haben ja wohl keine Veranlassung, die Nase zu rümpfen.

Unsicher oder nicht, die Anhaltspunkte waren gut. „Hier ist es", versichert Omi. „Ich erinnere mich an dieses Veloziped von 1900, das große Hochrad am Eingang."

Der Vorfahr des Fahrrades, mit dem Sattel ganz oben auf

dem großen Rad, fasziniert Oliver, der es von allen Seiten betastet und es am liebsten haben möchte. Der Rest der Gruppe dringt in den Laden, in dem wir kaum alle Platz haben.

Dabei ist er größer als die meisten anderen. Aber die Art der Ware, die sich darin anhäuft, ist nicht so, daß sie einen Kunstgalerie-Besitzer in Versuchung führen könnte. Hier sind alte Balken, da ausgediente Möbel, dort Werkzeuge, merkwürdige Apparate, Einzelteile. Es ist eher der Laden eines Lumpensammlers als der eines Antiquars.

Dieses Paradies für Bastler läßt uns kalt. Die Hauptsache ist das Paket. Und dort liegt es auf einem Tisch, mitten in einem wunderlichen Sammelsurium von alten Spiralen und verrosteten Zangen. Die Schnur ist entfernt, das braune Packpapier auseinandergenommen und bedeckt den Inhalt nur noch zur Hälfte.

Ohne zu zögern nähert sich Omi und nimmt die Verpakkung ganz auseinander.

„Ohh!!!"

Die Bestürzung läßt uns erstarren. So viel Mühe für nichts und wieder nichts! Der Verkäufer, der mit dem Rücken zu uns irgendein vorsintflutliches Etwas reparierte, das vage an eine Teekanne erinnert, dreht sich nun zu uns herum. Unser Überfall scheint ihn nicht zu überraschen: Hier wird es wohl genug merkwürdige Kundschaft geben! Er nähert sich uns und wischt seine Finger an einem so schmutzigen Lappen ab, daß man nicht recht weiß, ob er auf diese Weise den Lappen oder die Finger säubern will. Aber sein Berufslächeln verwandelt sich in eine Maske der Sprachlosigkeit, die einem Schauspielschüler ganz bestimmt alle Ehre machen würde.

Denn er hört, wie Phil mit seiner hohen Stimme sagt, während er auf den Inhalt des Pakets deutet:
„Komisch! Genau der gleiche Holzklotz wie unserer!"

Ich bin an den neidischen Blick gewöhnt, den Luc mir zuwirft. Dieser Blick bedeutet: „Hast du ein Glück, das einzige Kind deiner Eltern zu sein!"
Ich werde jedes Mal mit diesem Blick beehrt, wenn die Zwillinge Luc in eine unangenehme Lage gebracht haben, das heißt, zu normalen Zeiten mindestens ein paar Mal in der Woche und wenn sie so in Form sind wie in den letzten Tagen, dann sogar mehrmals am Tag. Was Luc nicht daran hindert, ungeduldig die Zwillinge zurückzuerwarten, wenn ein besonders mutiges Familienmitglied bereit ist, sie mal eine Woche zu sich zu nehmen (bis jetzt fand sich noch niemand, der sie länger als eine Woche behalten hat).
Man muß jedoch anerkennen, daß unsere beiden Teufelsjungen uns doch so manchen Dienst erwiesen haben. Dieses Mal, dank Phil, bekommt die Angelegenheit eine unverhoffte Wendung.
„Der gleiche Holzklotz?" fragt der Verkäufer. „Sagt der Bengel die Wahrheit?"
Omi wirft uns einen flehenden Blick zu: Was soll sie antworten? Der Verkäufer bemerkt unsere Verlegenheit, denn er redet schnell weiter:
„Ja, verstehen Sie, der Kunde, der eben rausging, hat mir diesen Klotz hiergelassen, damit ich ihm ein gleiches Stück aus demselben Holz beschaffe. Es ist nicht das erste Mal, daß ich ihm exotisches Holz besorge. Im allgemeinen bekomme ich sowas von einem Freund, der bei einem Tischler arbeitet. Aber jetzt ist er gerade in Urlaub. Ich würde

schon woanders was finden, aber wann? Also, wenn Sie Ihr Stück verkaufen wollen, könnten wir uns vielleicht einig werden? Haben Sie auch wirklich ein Stück Quebracho, dieses Holz aus Südamerika?"

„Selbstverständlich", antworte ich.

Der Altwarenhändler jubelt.

Als geborene Schauspielerin tut Omi so, als zögere sie, den Tausch vorzunehmen:

„Wissen Sie, ich hatte eigentlich die Absicht, mir eine Schatulle aus diesem seltenen Holz machen zu lassen. Ich weiß nicht recht..."

„An Ihrer Stelle würde ich die Schatulle fertig kaufen. Wissen Sie, das Quebracho-Holz verdient schon seinen Namen ‚Axtzerbrecher'. Sie werden schwerlich jemanden finden, der das Holz bearbeitet... und bei den Handwerkerlöhnen... Wenn Sie da drüben mal suchen wollen, finden Sie sicherlich eine ebenso schöne Schatulle zu einem vernünftigen Preis."

Die Diskussion geht weiter. Omi tut so, als gäbe sie nach.

„Im Grunde genommen könnten Sie recht haben. Ich komme heute nachmittag vorbei und bringe Ihnen das Stück Quebracho."

Aber der Verkäufer ist nicht damit einverstanden.

„Mein Laden ist heute nachmittag zu... außerdem ist jetzt sowieso Geschäftsschluß. Wissen Sie, was wir machen? Ich bringe Sie im Wagen nach Hause, und wir erledigen die Angelegenheit sofort! Einverstanden?" Er fürchtet wohl, daß Großmama sich's anders überlegen könnte und nicht wiederkommt. Er trifft die notwendigen Vorbereitungen, um den Laden zu schließen. Er nimmt den Klotz, den er wieder in das verkrumpelte Papier einpackt, und murmelt:

„So, und auf dem Heimweg werde ich die beiden Holzstücke abliefern."
Ich weiß noch nicht, wo uns das alles hinführen wird, aber wir dürfen diese Spur nicht verlieren. Wir sollten einwilligen und mit dem Mann fahren, vielleicht erfahren wir noch etwas.
Omi denkt wohl das gleiche. Draußen finden wir Oliver wieder, immer noch ganz verzückt.
„Omi, ist das ein herrliches Rad! Kauf es mir doch, bitte!"
„Du willst das Rad haben? Ich gebe es dir und nehme dafür den Holzklotz in Tausch", beeilt sich der Händler zu sagen.
Er ist ganz aufgedreht und Omi völlig durcheinander.
„Aber, mein Herr", protestiert sie, „das ist doch nicht möglich! Für dieses Ungetüm haben wir in unserer Wohnung gar keinen Platz."
„Sie können dem Kleinen doch diesen Wunsch nicht abschlagen. Und das Geschäft, das Sie dabei machen! Die alten Sachen, wissen Sie, nehmen jeden Tag an Wert zu. Also abgemacht, wir laden es auf!"
Die Zwillinge, außer sich vor Freude, im Schlepptau, schiebt der Mann das Unding zum Ende der Straße. Dort befindet sich das, was er vorhin seinen „Wagen" nannte. Ein Lieferwagen, der kaum jünger sein dürfte als das Veloziped!
„Der Fahrerraum ist wohl etwas zu klein für uns", sagt Großmama sehr verlegen. „Es ist doch besser, wenn wir mit dem Bus fahren."
„Nie im Leben! Ich werde Sie wie Fürsten unterbringen!"
Das heißt also, daß Omi und Marie vorne sitzen dürfen. Und wir, das wären Luc, die Zwillinge, das Veloziped und ich, wir finden uns auf der offenen Plattform hinten wieder.

Wir sind eingerahmt von einer zerschlissenen Matratze, einem verrosteten Klappbett und einer Reihe verschiedener Gegenstände, unter anderem einem Jagdhorn, das sofort in Philippes Besitz übergeht.
„Wenn wir das Pech haben, einem Klassenkameraden zu begegnen“, sagt Luc, der in einer Ecke kauert, „bestehe ich darauf, das Gymnasium zu wechseln!“

Eine Fahrt im Gerümpelwagen

Wenn man es satt hat, unbemerkt durchs Leben zu gehen, wenn man wünscht, daß die Leute sich nach einem umdrehen oder die Automotoren plötzlich abgewürgt werden, dann gibt es ein sicheres Mittel: Man fährt punkt zwölf Uhr mittags auf der offenen Pritsche eines Altmaterialwagens die Champs-Elysées entlang. Um dem Ganzen eine pikante Note zu geben, bewaffnet man sich mit einem Lausebengel, der in ein Jagdhorn bläst, und einem zweiten, der sich am Dach des Fahrerhauses festhält und behauptet, Veloziped zu fahren. Der Erfolg ist einem gewiß! Sogar ein Polizist lächelte: Das sah ich zum ersten Mal!
Man könnte übrigens einwenden, daß der kürzeste Weg vom Flohmarkt zu Gambiers Haus nicht unbedingt über die Champs-Elysées führt. Wahrscheinlich wollte der Altwarenhändler uns spazierenfahren, denn unter uns: Ich glaube, er war begeistert, sich in Gesellschaft unserer eleganten Omi zu befinden, und versuchte, das Vergnügen in die Länge zu ziehen!
Luc hatte während der ganzen Fahrt die Jacke über den Kopf gezogen. Als wir den Hauptteil der Strecke geschafft hatten, bekam ich Mitleid mit ihm:
„So, Alter, das Schlimmste haben wir überstanden, du kannst wieder an die frische Luft kommen."

Seufzend rutschte er zu mir herüber und lehnte sich an den hinteren Teil des Wagens.
„Beim nächsten Ausflug trage ich eine Maske“, sagte er finster.
„Mach dir mal keine Sorgen“, meinte ich lachend. „Dein Ehrgefühl ist unangetastet; niemand aus unserem Bekanntenkreis hat uns gesehen.“
In diesem Augenblick stoppen wir vor einer Ampel am Rande des Bürgersteiges, und ganz in unserer Nähe hören wir eine vertraute Stimme:
„Sag mal, Gambier, ich wußte zwar, daß dein Vater sich für alte Kulturen interessiert, aber ich ahnte nicht, daß die übrige Familie auch dieser Leidenschaft frönt!“
Der kleine Lastwagen fährt in diesem Moment plötzlich an, Oliver und sein Veloziped kippen gemeinsam um, das Jagdhorn von Philippe gibt ein schallendes Getön von sich, und ich kann durch meine Tränen (von einem Lachanfall, selbstverständlich) kaum den lachenden Mann erkennen, der vom Bürgersteig aus unsere Fuhre mit den Augen verfolgt: Es ist der Direktor unseres Gymnasiums!!!

Als wir endlich Gambiers Haus in der Rue Pugno erreichen, ist Luc im gleichen Zustand wie ich: von Lachkrämpfen geschüttelt, die eine Unterhaltung unmöglich machen.
Der Trödler ist entzückt:
„Nicht wahr, Kinder, ihr habt 'ne schöne Fahrt gemacht? Ich wette, ihr denkt noch lange daran!“
In dieser Beziehung kann er völlig beruhigt sein!
Die Angelegenheit wird schwierig, als die Zwillinge absteigen sollen. Sie sind vollkommen ehrlich in ihrer Begeisterung. Wenn sie die Wahl hätten zwischen dem luxuriösen Wagen

von Durrieux und diesem Vehikel, an dem eine Fensterscheibe mit Heftpflaster zusammengeklebt ist, ich wette, sie würden nicht einen Augenblick zögern: Sie würden das Unikum mit Heftpflaster nehmen.

Endlich steigen sie murrend ab. Oliver beobachtet mit Wachsamkeit das Ausladen seines Rades.

„Heute nachmittag gehe ich ins Stadion zum Trainieren. Die Kumpel werden vielleicht Augen machen!“

Was Phil anbelangt, so lehnt er kurz und bündig ab, das Jagdhorn zurückzugeben.

„Oliver hat das Rad, und ich, ich soll nichts haben? Das ist ungerecht!“

Im allgemeinen hat Phil einen guten Charakter. Zugegeben, er ist ein Elefant im Porzellanladen, aber nett, anhänglich und hilfsbereit. Ab und zu jedoch erlaubt er sich eine Laune und zeigt sich dann hartnäckiger als sein Bruder.

Unerwartetes Ereignis: Luc gibt als erster nach.

„Einverstanden, behalte dein Instrument, damit du noch mehr Mißtöne produzieren kannst. Kriegst es von mir geschenkt.“

„Wieso denn das?“ wundert sich Omi Gambier, „du bist doch sonst so etepetete.“

Aber die Begegnung mit dem Direktor hat den letzten Widerstand meines Freundes gebrochen.

„Weißt du, so weit wie die Dinge schon gediehen sind! Eine Überspanntheit mehr oder weniger... Wartet hier auf mich, ich hole meinen Geldbeutel und bringe bei dieser Gelegenheit auch gleich das Holzstück mit.“

Er stürzt zum Aufzug. Omi verhandelt über den Preis des Jagdhorns, und Marie hilft Oliver auf sein Veloziped. Endlich kommt Luc wie ein Wirbelwind zurück, mit dem

Paket in der Hand, das dem Altwarenhändler einen Freudenschrei entlockt:
„Das gleiche Holz! Unglaublich, solch ein Zufall!" Voller Freude gibt er daraufhin das Jagdhorn für ein paar Münzen her, verabschiedet sich großartig von Omi und fragt plötzlich:
„Wie spät ist es eigentlich? Was, beinahe ein Uhr? Na, meine Frau wird ja nicht gerade glücklich sein. Ich muß nämlich noch einen Umweg über den Boulevard Raspail machen, um meine beiden Holzklötze abzuliefern."
Hoffentlich bewundert der Leser jetzt mein schnelles Schalten. Die anderen haben noch gar nichts bemerkt, als ich frage:
„Zum Boulevard Raspail? Sie müssen ja dann in entgegengesetzter Richtung fahren! Sollen wir diese Pakete für Sie hinbringen?"
Ein Dankesblick von Luc, der zu Hilfe kommt:
„Na klar, für uns wäre das ein Spaziergang! Nach der schönen Fahrt, die Sie uns geboten haben, sind wir Ihnen das schuldig!"
Es ist wieder soweit: Mein Hals wird trocken, meine Augen ziehen sich zusammen, und von neuem überfällt mich ein Lachkrampf. Ich kann mich nur noch umdrehen und so tun, als müßte ich niesen!
Unseren Fahrer stört das nicht im geringsten. Nachdem er von Großmama die Zusicherung erhalten hat, daß wir die Pakete gleich nach dem Mittagessen abliefern werden, gibt er nach, händigt sie Omi aus und entschließt sich endlich abzufahren, von den Zwillingen lautstark verabschiedet.
„Wir besuchen ihn mal wieder, nicht wahr, Omi?" fragt Phil mit glänzenden Augen.

„Natürlich," versichert sie. „Ich werde ihn beauftragen, dir für diesen Winter eine komplette Garderobe zusammenzustellen, da du ja keine neue Kleidung haben willst..."
Ich sehe in Phils hellen Augen die Begeisterung für den Flohmarkt etwas abkühlen...

Ich nehme mir kaum Zeit zum Essen, und zwischen zwei Bissen erzähle ich Mutti unsere Abenteuer.
„Diese Verfolgung von merkwürdigen Leuten mag ich ganz und gar nicht, ich sehne mich nach dem Samstag und danach, daß ihr euer gefährliches Spiel aufgebt."
Ausnahmsweise ist Vati nachgiebiger als sie:
„Das ist alles nicht so schlimm", bemerkt er. „Ich gebe zwar zu, eure Geschichte kommt mir merkwürdig vor: Wozu braucht dieser Durrieux Holzstücke aus Quebracho? Wo ist der Zusammenhang mit dem Diebstahl, der euch beschäftigt? Wenn das Wartezimmer nicht schon jetzt voller Patienten wäre, würde ich mich euch anschließen."
„Aber nein, das wäre ungerecht. Omi Gambier erledigt bereits die Hälfte der Arbeit, das langt sowieso schon!"
Ich treffe Luc und Marie vor der Tür ihres Hauses. „Auf", sagt Luc, der die beiden Holzstücke trägt.
„Gehen wir allein?"
„Die Zwillinge haben was anderes beschlossen. Der eine will Musik machen — wenn man das Musik nennen kann —, und der andere will rund um das Stadion fahren, solange seine Maschine gewillt ist, nicht in Stücke zu zerfallen."
„Und Omi?"
„Sie richtet die Hilfsstation ein: Orangensaft für den Musiker und Verbandsmaterial für den Gleichgewichtskünstler."

„Du vergißt das Futter für Sokrates!" vervollständigt Marie. „Stell dir vor, Michel, der Papagei ist eingeschnappt, weil wir ihn heute vormittag im Stich gelassen haben. Er trotzt, lehnt sein Fressen ab und stöhnt, wenn man versucht, ihn allein in einem Raum zu lassen. Omi behauptet, es sei der Beginn einer Nervenzerrüttung, und weiß nicht, wie sie ihn trösten soll."
„Sieh mal an, und ich dachte, sie wollte ihn in den Backofen stecken."
„Frauen sind unbeständig", schließt Luc philosophisch. Marie verzieht das Gesicht, so daß ich mich beeile hinzuzufügen:
„Außer Marie, natürlich."
Das bringt mir ein großes Dankeslächeln ein. Na also, der Nachmmittag fängt gut an!

Meister Martin und der Holzklotz

Die Adresse, die uns unser neuer Freund, der Trödler, gegeben hat, führt uns zu einem dunklen und bescheiden aussehenden Wohnhaus in der Avenue de la République. Es ist nicht die Gegend, in der Besitzer von Luxusautos wohnen.
„Wir werden ein weiteres Glied in unserer Kette entdecken", jubelt mein Freund. „Am Anfang der Juwelier, der der Kopf der Organisation sein muß; dann der Mann aus Lima, der die Verhandlungen führt; Durrieux, dessen Rolle noch nicht ganz klar ist, und wer jetzt?"
„Es wäre schön, wenn du recht hättest", bemerkt Marie. „Hier wenigstens laufen wir keine Gefahr, erkannt zu werden."
Eine Concierge sitzt in der Toreinfahrt. Man sagt sehr viel gegen diese Hausmeisterinnen. Aber unsere daheim zum Beispiel ist immer sehr nett und nie mürrisch, sogar dann nicht, wenn ich auf dem Treppengeländer runterrutsche wie als Kind (das heißt, so was kommt immer noch vor!).
Aber diese hier scheint aus dem Buch eines Karikaturisten zu stammen. Sie strickt an einem Strumpf und hat eine Ersatzstricknadel in ihren Dutt gesteckt. Sie hebt uns ihre spitze Nase entgegen, und aus ihren schnurrbärtigen Lippen kommt ein: „Was gibt's?" so säuerlich, daß die Stimme von Sokrates damit verglichen an Cello-Schluchzer erinnert.

Bei einem solchen Empfang spüre ich, wie mein Höflichkeitslack abbröckelt. Marie antwortet noch vor mir:
„Können Sie uns sagen, wo Herr Martin wohnt, bitte schön? Wir müssen diese Pakete abgeben."
Soviel Freundlichkeit besänftigt unseren Cerberus keineswegs.
„Laßt die Pakete hier, ich werde sie Herrn Martin geben."
„Unmöglich", sagt Luc standhaft. „Wir müssen ihm gleichzeitig einige Erläuterungen dazu geben."
Wütend darüber, daß ihr Widerstand nichts nützt, steckt die Siegerin im Freundlichkeitswettbewerb ihre Nase wieder in das Strickzeug und murmelt:
„Hinten im Hof links."
Uff! Wir stürmen durch die Toreinfahrt, ohne auf weitere Einzelheiten zu hören. Der Hof ist dunkel, voll mit Lattenverschlägen, die nachträglich angebracht wurden und den Mietern des Hauses wohl als Abstellräume dienen.
Hinten links ist keine Wohnung, aber eine Werkstatt. Glaswände, deren unterer Teil weiß gestrichen ist, Sägemehl und Holzspäne auf der Türschwelle: wahrscheinlich eine Schreinerei.
Wir klopfen an. Der Mann, der uns die Tür öffnet, trägt auch wirklich einen blauen Arbeitsanzug, mit Holzspänen besät. Er ist jung und macht einen anständigen Eindruck.
„Na, Kinder, was ist?"
„Wir bringen Ihnen das Quebracho-Holz, auf das Sie warten", sagt Marie ohne Unsicherheit.
Der Handwerker pfeift durch die Zähne:
„Na sagt mal, das ist aber eine prompte Bedienung! Ich hätte nie gedacht, daß Herr Mirall so schnell etwas finden würde."

„Wir waren ihm ja auch behilflich“, sage ich ganz bescheiden.
„Ach so, er hat euch angestellt, um den Flohmarkt abzusuchen? Nun gut, ich werde mich sofort an die Arbeit machen. Vielen Dank, Kinder.“
Und er macht uns die Tür vor der Nase zu. Wir haben überhaupt nichts sehen können! Ganz verwirrt stehen wir noch auf unserem Platz, als die Tür noch einmal geöffnet wird:
„Übrigens, richtet Herrn Mirall aus, daß ich das erste Stück schon fertig habe. Für die beiden anderen brauche ich mindestens acht Tage. Geht das?“
Ich verziehe das Gesicht.
„Ich glaube, er hoffte, sie eher zu bekommen.“
Das ist ein unverbindlicher Satz, aber ich möchte doch gern wissen, wovon ich spreche! Der Schreiner ist entrüstet:
„Sagt mal, er übertreibt wohl ein bißchen, findet ihr nicht auch? Da steckt ja schließlich Arbeit drin, so einfach es auch aussehen mag. Und das Holz ist das härteste, das ich je bearbeitet habe!“
Wir bestätigen ihm gern seine Worte. Unsere Zustimmung scheint ihm zu gefallen. Wenn er wenigstens auf den Gedanken käme, die Unterhaltung in seiner Werkstatt weiterzuführen! Aber er denkt nicht daran, bleibt weiter auf der Schwelle stehen und nimmt uns jede Sicht nach innen. Pause. Er wird die Tür wieder schließen, er wird... Marie, ganz harmlos, fragt:
„Ist das erste Stück gelungen?“
Meister Martin ist entrüstet.
„Ich glaube, man kann mir schon vertrauen“, begehrt er auf.

„Oh, ich bin sicher, daß Sie Ihre Arbeit gut machen“, fährt Marie mit einem Anflug von Bewunderung in der Stimme fort, die bis in Meister Martins Herz dringt.
Als sie fragt: „Kann man es sehen?“, zögert der Schreiner nur einen Augenblick.
„Ihr wißt, daß Herr Mirall diese Sache geheimhält“, protestiert er anstandshalber. „Aber da ihr ja Bescheid wißt...“
Ach, die Macht des weiblichen Charmes! Ich wette, wenn Luc und ich alleine gekommen wären, hätten wir nicht diesen Erfolg gehabt.
Er geht zur Seite. Marie tritt ein, dann folgen Luc und ich. Nun wird sich das Geheimnis der Holzstücke lüften, und wirklich ist die Überraschung, die uns erwartet, beachtlich!

Das Innere des Ateliers verrät zunächst wenig. Hobelbank, Werkzeuge, Holzgeruch. Ich bin jedoch überrascht über die Winzigkeit der Werkstatt. Wohin stellt der Schreiner seine fertigen Möbel? Aber neben der Glasveranda sehen wir eine angefangene Arbeit, und nun wissen wir Bescheid. Es handelt sich um einen fein geschnitzten Fuß. Und plötzlich verstehe ich, warum mir die Werkzeuge auf der Hobelbank so seltsam für einen Schreiner erscheinen: Es sind die feinen Werkzeuge eines Holzschnitzers!
Im hinteren Teil der Werkstatt ist ein Vorhang.
Martin führt uns dorthin, hebt den Vorhang und knipst das Licht an. Das ist wahrscheinlich sein Warenlager. Auf Regalen stehen kleine Figuren in verschiedenen Größen und aus allen Stilepochen. Eine romanische Muttergottes, ein moderner Christus, Kinderköpfe. Es sind schöne Arbeiten. Ich kann mir nicht verkneifen zu sagen:

„Sie sind ein Künstler, Herr Martin."
„Danke, Dicker. Darfst mich auch einfach Martin nennen", sagt der Schnitzer, begeistert von meinem Kompliment.
Ich kann nicht sagen, daß ich von seinem Kompliment ebenso begeistert bin: „Dicker"! Warum nicht gleich Rundkopf wie die Zwillinge, wenn's schon sein muß!
Aber ich habe keine Zeit, lange darüber zu grollen. Martin öffnet die Tür eines kleinen Wandschrankes. Eine neue Skulptur kommt ans Licht. Es ist ein Männerkopf, streng, beinahe traurig. Die gerade Nase, der Lippenwurf und der feste Blick seiner grünen Augen zeigen Stolz ohne Hochmut.
Ich bin kein Kunstkenner, aber ich weiß Schönheit zu schätzen, auch wenn ich sie nicht sehr gut verstehe. Hier besteht kein Zweifel: Dieser Kopf mit dem durchdringenden Blick ist schön. Und noch bevor ich meine Freunde ansehe, weiß ich, wen er darstellt: Es ist der Hohepriester von Eldorado, der indianischen Gottheit Bochica gewidmet.
Martin ist von unseren erstaunten Augen entzückt.
„Da seid ihr sprachlos, wie? Hier, vergleicht mal: Wenn beide Köpfe Augen hätten, könntet ihr den echten vom unechten nicht unterscheiden."
Und aus dem Dunkel des Schrankes nimmt er einen zweiten Kopf, den er neben den ersten stellt. Mir wird weich in den Knien — das ist wirklich nicht übertrieben. Ich fühle mich wie Pudding, ganz schlaff und ohne Reaktion.
Denn die beiden Köpfe sind völlig gleich! Nicht nur die Gesichtszüge, sondern auch die Farbe des Holzes und diese Art Patina, die alte Schnitzereien bekommen; es ist, als ob die Blicke, die sie im Laufe der Jahrhunderte berührten, ihre Unregelmäßigkeiten weggewischt hätten.

Der zweite Kopf ist noch eindrucksvoller, fast ein wenig dämonisch, denn an Stelle der starren Augen hat er nur zwei schwarze Löcher.
„Ich werde ihm Jade-Augen einsetzen, wie bei dem anderen, sobald ich sie von Herrn Mirall bekomme", versichert der Schnitzer. „Na, Kinder, was sagt ihr zu dem Ganzen? Kann man dem guten Martin vertrauen?"
Luc fährt zusammen. Ich glaube, er hat vergessen, wo wir sind! Nachdem Martin unsere Erregung genossen hat, die er auf das Konto seiner Kunst setzt, läßt er die Köpfe wieder verschwinden.
„So, jetzt muß ich mich aber an die Arbeit machen. Hopp, verschwindet mal ganz schnell. Herr Mirall will heute abend noch vorbeikommen, spät wie üblich. Ich werde dann die zweite Kopie schon soweit bearbeitet haben, daß er ganz überrascht sein wird."

Wir ließen uns auf die erste Bank fallen, die wir fanden.
„Nicht zu fassen", wiederholt Luc, „der Kopf, genau vor unserer Nase, und keine Möglichkeit, ihn wiederzubekommen!"
„Dabei ist das ganz einfach", protestiert Marie.
„Gehen wir zu Martin zurück und erzählen ihm die Wahrheit. Er macht einen anständigen Eindruck, und ich bin überzeugt, daß er alles verstehen wird." Ich mag Marie sehr, das stimmt, aber jetzt glaube ich, daß sie doch ein wenig spinnt.
„Anständigen Eindruck! Armes Mädchen, wenn du damit anfängst, die Leute nach ihrem Gesicht zu beurteilen! Dieser Martin ist ein Komplize, und wenn er merkt, daß wir ihn hintergangen haben, wären wir gut beraten, uns in diesem Viertel nicht mehr sehen zu lassen!"

„Komplize? Komplize von wem?“ wundert sich die Harmlose. „Er macht die Arbeit, die man bei ihm bestellt, das ist alles.“

„Einfach so, ohne sich Fragen zu stellen? Als ob es das Natürlichste von der Welt wäre, heimlich Kopien von Kunstgegenständen zu machen?“

„Die dann überall in der Welt verkauft werden, so als wäre jede das Original“, bestätigt Luc. „Ich habe Papa von solchem Handel sprechen hören. Wir haben es mit einer gut organisierten Bande zu tun, die vermutlich in allen großen Hauptstädten Zweigstellen hat!“

„Also, meine Lieben, wir dürfen jetzt keine Zeit verlieren. Wir unterrichten den Freund meines Vaters, der sicher eine Untersuchung veranlassen wird. Bei all den Auskünften, die wir ihm geben können, wird er nicht mehr viel Arbeit haben.“

„Vorerst sind es noch ziemlich verworrene Auskünfte“, seufzt Marie. „Was ist aus dem Mann aus Lima geworden, der Papa gedroht hat? Seitdem haben wir ihn nicht mehr gesehen.“

„Eins ist sicher, nämlich, daß er Libermann unterrichtet hat“, versichert Luc bitter. „Der hat mir das Paket im Flugzeug gestohlen. Nachdem er in Paris war, vertraute er den Kopf Durrieux an, der beruflich ständig mit Kunstliebhabern zu tun hat. Und Durrieux läßt Kopien anfertigen, um seinen Gewinn zu verdreifachen. Das scheinen so seine Geschäftsgepflogenheiten zu sein.“

„Die Angelegenheit ist ganz klar“, sage ich und reibe mir die Hände. „Was gefällt dir daran nicht, Marie?“

„Nun, ich denke an diesen Mirall, von dem uns Martin erzählte.“

„Oh, das ist nur ein Komparse. Durrieux wird sich keine Blöße geben und heute abend selbst zu Martin gehen. Zur Überwachung der Arbeit schickt er einen Komplizen, das ist alles. Kümmern wir uns nicht um ihn und telefonieren lieber mit dem Kommissar."

Aber Luc hat noch Zweifel.

„Das Dumme ist nur", sagt er, „daß die Polizei eine gewisse Zeit benötigt, bis die Nachforschungen anlaufen. Schließlich muß sie ja erst unsere Angaben überprüfen..."

„Was spielt das schon für eine Rolle? Martin hat seine Kopien noch nicht fertig, also bleibt der Kopf vorerst bei ihm."

„Und dieser Mirall, der heute abend kommen soll? Wie reagiert er, wenn er von unserem Besuch hört? Er wird sich wundern und Durrieux alarmieren. Sie lassen den Kopf verschwinden, und alles geht wieder von neuem los!"

So weit hatte ich nicht gedacht. Armer Pater José! Er wartet auf den Verkauf des Kopfes, dieses Kopfes, den wir vielleicht ein zweites Mal verlieren!

„Was nun?"

Luc überlegt nicht lange.

„Erst den Kopf zurückholen, dann die Polizei benachrichtigen."

Seine entschlossene Art erinnert mich an Oliver, als er vor seinem Veloziped auf dem Flohmarkt stand, und auch an Phil, wie er vorhin das Jagdhorn gegen sein Herz drückte. Oh, in der Familie Gambier weiß man genau, was man will! Selbst Marie scheint mit diesem Vorschlag völlig einverstanden zu sein. Ein Glück, daß ich Grips für drei habe.

„Den Kopf holen, wenn Martin nicht da ist?"

„Selbstverständlich."

„Und wie willst du in seine Werkstatt? Vielleicht, indem du eine Scheibe einschlägst?“

„Warum nicht?“

Soviel Unbesonnenheit macht mich wütend.

„Ja aber, du Unglücksrabe, weißt du, wie man das nennt? Einbruchdiebstahl!“

„Das ist die Höhe“, entrüstet sich Marie. „Wie kannst du nur sowas behaupten? Wir tun nichts anderes, als das wiederzuholen, was uns gehört.“

Ich gebe ihr sofort Kontra:

„Und wie willst du das beweisen? Wenn wir dabei erwischt werden, behandelt man uns wie Diebe. Außerdem weißt du sehr gut, daß man nicht Justiz auf eigene Faust betreiben darf.“

„Aber unsere Eltern...“

„Und wie werden wir ihre Zeugenaussagen bekommen? Man wird wohl kaum jemand beauftragen, sie in den Anden aufzusuchen, damit sie unsere Unschuld bezeugen! Selbstverständlich stimmen unsere Behauptungen. Aber wer glaubt uns das?“

Luc wehrt sich:

„Mirall muß auf jeden Fall daran gehindert werden, den Kopf wieder mitzunehmen, bevor wir dem Kommissar alles erklärt haben. Was jetzt?“

Wenn ich's bloß wüßte! Es ist beinahe vier Uhr. Bis man den Inspektor gefunden und ihm alles erklärt hat... Vor morgen früh wird er kaum etwas unternehmen können. Marie jedoch, die eine Haarlocke um ihren Finger wickelt, schlägt schüchtern vor:

„Ich meine, man könnte doch...“

„Na, mach schon weiter“, wirft Luc ungeduldig ein.

„Nun, man könnte den Kopf nehmen und an Ort und Stelle verstecken.“
Luc und ich sehen uns sprachlos an.
„Und wozu soll das gut sein?“
„Nun, wenn Mirall kommt, kann er den Kopf nicht mitnehmen, weil er nicht mehr da ist. Wir müssen anschließend die Polizei unterrichten, und wenn sie eingreift, findet sie den Kopf sofort. Sie kann ihn beschlagnahmen, bis unsere Eltern wieder zurück sind und den Beweis erbringen, daß wir nichts Strafbares getan haben, und der Kopf wäre gerettet.“
Hmm!!! Kompliziert, wie eben das Gehirn eines Mädchens ist, aber zugegeben, gar nicht so dumm. Ich zögere noch.
„Trotzdem müßten wir heimlich in Martins Werkstatt eindringen.“
„Aber wir nehmen ja nichts mit, das verringert doch das Risiko, glaubst du nicht?“
„Und wo verstecken wir den Kopf? Die Werkstatt ist doch winzig.“
Marie, groß in Form, hat für alles eine Antwort.
„Wenn es nicht in der Werkstatt ist, kann es ebensogut in einer Ecke des Hofes sein. Nun, Mic, was meinst du?“
Ich hebe die Augen zum Himmel. Was soll ich schon meinen. Ich werde ihnen helfen, wie immer!

Ein ungewöhnliches Versteck

Natürlich wird es nicht ganz leicht sein, wieder in den Hof zu kommen — mit diesem Cerberus von einer Concierge in der Toreinfahrt. Sie wird sich sicher über unsere Rückkehr wundern. Und wie sollen wir in das Atelier eindringen, solange Martin noch da ist? Ich fange an, an meinen Nägeln zu kauen, was ein schlechtes Zeichen ist: Je nervöser man ist, um so weniger fällt einem ein. Immerhin habe ich eine vage Idee. Na, vielleicht ist die gar nicht so schlecht.

„Hört mal zu: Wir haben zwei Dinge zu tun. Erstens in den Hof zu kommen: dafür stellen wir uns in der Nähe der Toreinfahrt auf und schleichen rein, sobald die Concierge verschwunden ist. Sie muß ja schließlich ab und zu in ihre Pförtnerwohnung gehen, oder? Seht mal, es ist bald 5 Uhr, und ich wette, daß sie eine Tasse Kaffee trinken wird."

„Einverstanden, das ginge", meint Luc. „Aber wozu soll das gut sein, wenn wir in den Hof eindringen, solange Martin noch in seiner Werkstatt ist?"

„Das wäre dann der zweite Schritt: Wir verstecken uns in einer Ecke des Hofes und warten, bis er geht."

Dieses Mal fällt mir Marie um den Hals:

„Michel, du hast tolle Ideen!"

Luc ist noch etwas zurückhaltend.

„Uns im Hof verstecken, das ist leicht gesagt. Wo denn, damit Martin uns nicht entdeckt?"
„Ich dachte an diese Lattenverschläge. Die Türen scheinen nicht sehr fest zu sein. Es wäre wirklich Pech, wenn wir's nicht fertigbrächten, in einen hineinzuschlüpfen."
Jetzt wirft mir Luc einen Blick voller Bewunderung zu, der direkt ans Herz geht. Sicher, in der Schule ist er der anerkannte Primus, aber im täglichen Leben kommt es oft vor, daß ich die richtige Lösung schneller finde als er. Damit ist das Gleichgewicht wieder hergestellt!
Nachdem mein Plan einstimmig angenommen wurde, schreiten wir zur Tat.
Zunächst muß Marie aus dem Spiel.
„Nichts zu machen, mein Schatz, das ist keine Arbeit für Mädchen. Du bleibst ganz brav hier, beobachtest, wenn Martin geht, und sollten wir eine halbe Stunde später noch nicht zurück sein, rufst du meinen Vater an."
Marie resigniert und kauft sich am nächsten Kiosk eine Zeitschrift, damit sie, ohne aufzufallen, beobachten kann. Luc und ich nähern uns der Toreinfahrt.
Die Concierge strickt immer noch.
Endlich hört sie auf, begutachtet mit ausgestreckten Armen ihre Arbeit, steht zufrieden auf, legt das Strickzeug auf den Stuhl und verschwindet in ihrer Loge.
„Kaffeepause: Das ist der richtige Moment!"
Ohne Hast — obwohl wir am liebsten rennen würden — nähern wir uns dem Eingang. Schon stehe ich in der Toreinfahrt, Luc folgt mir. Ein paar Schritte und ich bin im Hof. In diesem Moment geht das Gezeter los.
„He, wo willst du hin?"
Ich bin schon im Hof, vor ihren Blicken verborgen! Aber

Luc ist noch in der Einfahrt. Durch ihr Geschrei auf der Stelle gestoppt, bringt Luc die erstbeste Entschuldigung vor, die ihm einfällt:
„Hmm... ich habe vorhin mein Taschentuch verloren, ich wollte nur mal nachsehen, ob..."
„Nix da", keift die Concierge. „Es lag nichts auf dem Hof, und du hast hier nichts zu suchen. Los, raus!" Nun ist mein armer Luc wieder draußen. Es bleibt ihm nichts weiter übrig, als Marie Gesellschaft zu leisten. Und ich habe die Ehre, allein weiterzukämpfen!
Schritte in der Einfahrt. Vielleicht will sich die Concierge überzeugen, ob außer Luc noch jemand in den Hof ging? Ich rüttle an der Tür des nächsten Lattenverschlags. Ohne Zweifel, der Gott der Chibchas schützt mich, die Tür geht auf. Uff, ich bin in Deckung!
In Deckung, aber in welchem Zustand! Zu spät merke ich, daß in dem Verschlag Kohlen liegen. Kohlen im September! Wie kann man so vorsorglich sein? Ich bin auf den Haufen gesprungen, der langsam unter meinem Gewicht abrutscht. Ich spüre, wie ich immer tiefer gleite, während der Kohlenstaub in meine Turnschuhe dringt. Na, wenn schon, meine Blue jeans haben heute morgen den Pritschenwagen des Altwarenhändlers vertragen, also dürften sie heute abend auch noch ein bißchen schwarzen Staub vertragen.
Ich kauere mich nieder, belauere durch den Türspalt die Werkstatt und warte auf das Weggehen von Martin.

Martin macht zwar unredliche Arbeit, aber er ist gewissenhaft. Es hat schon sechs Uhr geschlagen, und er ist immer noch in seiner Werkstatt. Ich warte schon länger als eine halbe Stunde! Es erscheint mir eine Ewigkeit her, daß ich mich, ohne an den Zustand meiner Hose zu denken, auf den Kohlenhaufen gesetzt habe. Ich muß wirklich gut aussehen! Je später es wird, um so mehr Hausbewohner kommen von der Arbeit zurück. Es ist ein Hin und Her von derben Schuhen: Hausfrauen, die noch dringend etwas einkaufen müssen; Kinder, die sich die Zeit bis zum Essen mit Spielen vertreiben. Zwei spielen genau vor meinem Lattenverschlag mit Murmeln!

Und wenn jetzt der Kohlenbesitzer auf den Gedanken käme, sich ein Kaminfeuer anzuzünden? Man weiß ja nie, die Leute sind so sonderbar! Ich sehe schon die Schlagzeilen in der Zeitung:

‚Neuer Fall von Jugendkriminalität: Sohn eines achtbaren Pariser Arztes hat sein Hauptquartier in einem Kohlenschuppen eingerichtet. Ohne Jacke, aber total verschmutzt, verweigert der junge Strolch jede vernünftige Erklärung.'

Nach und nach hört auch die Unruhe auf. Aus den zum Hof geöffneten Fenstern dringen Bratengerüche bis zu mir. Dann höre ich, wie die letzten Kinder gerufen werden: Es ist Nachrichtenzeit im Fernsehen. Das will ja niemand versäumen. Der Hof leert sich, und man hört nur noch aus allen Fenstern die gleiche Zeitansage. Die Leute sollten sich untereinander einigen und den Ton abwechselnd einstellen, das würde genügen! Endlich öffnet Martin seine Tür. Durch das Schlüsselloch sehe ich ihn mit großen Schritten über den Hof gehen. Als er durch die Einfahrt geht, ruft er der Concierge zu:

„Wenn man nach mir fragt, sagen Sie, daß ich gleich wiederkomme: nur auf ein Bier und ein belegtes Brot."

Jetzt muß ich schnellmachen. Martin hat seine Werkstatt noch nicht einmal abgeschlossen. In einem Lichtschimmer, der durch die Scheiben in die Werkstatt dringt, kann ich die beiden Köpfe auf der Hobelbank stehen sehen. Und daneben hat Martin einen dritten Kopf angefangen aus einem der Holzstücke, die wir ihm heute nachmittag gebracht haben. Ich schnappe mir den Kopf mit den grünen Augen. Plötzlich ein Gedankenblitz: und der andere? Wenn ich ihn nicht mitnehme, kann Martin ihn als Muster benutzen, und der Handel geht weiter. Folglich darf der Kopf nicht dableiben. Ich greife also auch den mit den leeren Augenhöhlen. Es wird nicht leicht sein, die beiden Schnitzereien zu verbergen. Immerhin bietet mir der Lattenverschlag ein gutes Versteck. Unter den Kohlen verborgen können die beiden Köpfe in Sicherheit warten, bis die Polizei sie holt. Irgendwo hatte ich doch vorhin Papier gesehen. Ach, hier. Schnell wickle ich die beiden Priester darin ein — die Familie Gambier lebt wirklich im Zeichen der Zwillinge! Ich mache die Tür auf. Eigentlich sollte ich den Hof so schnell wie möglich verlassen und auf die Straße laufen. Die Freude erstickt mich fast: Das wäre also geschafft!

Von wegen! Man sollte nie zu früh triumphieren. Im Hof angelangt, höre ich von der Toreinfahrt her einen Dialog, der mich erstarren läßt:

„Schon wieder zurück, Herr Martin? Ihr Kunde ist noch nicht dagewesen."

Schnell, in den Lattenverschlag. Leider hat sich ein junges Mädchen an dessen Tür gelehnt. Sie muß nach dem Abendbrot runtergegangen sein, um etwas Luft zu schnappen, während ich in der Werkstatt war. Ich darf nicht zu bestürzt aussehen! Am anderen Ende des Hofes hat eine Mieterin ihren Mülleimer runtergetragen und schüttet ihn in eine der Sammeltonnen für das ganze Haus. Und jetzt auch

noch Martin, der von der anderen Seite hereinkommt. Schnell! Ich stürze auf die Mülltonnen zu und drehe ihm somit den Rücken, aber was soll ich mit dem Paket unter dem Arm machen? Das junge Mädchen, das vor dem Kohlenverschlag steht, unterhält sich jetzt mit einer Freundin. Sie scheinen mich nicht zu bemerken. Was nun? Mein Hirn ist leer. Jetzt ist es soweit, Martin schreit:
„Frau Armand, kommen Sie schnell!"
Der Krach der Fernseher übertönt seine Stimme.
Er läuft zur Pförtnerwohnung.
„Na und, wirfst du nun endlich deinen Müll weg, du?" sagt eine Stimme hinter mir.
Es ist ein Kind mit seinem Mülleimer, das darauf wartet, daß ich ihm Platz mache. Ich werfe mein Paket in die große Tonne. Das Kind begräbt es unter einem Berg von Schalen. So, Mirall kann jetzt kommen: Es würde mich wundern, wenn er noch vor der Polizei den Kopf des Hohepriesters von Eldorado fände! Ein paar Augenblicke später gehe ich durch die Einfahrt, während Martin Frau Armand in seine Werkstatt mitgenommen hat. Herr Armand jedoch, der zur Hilfe herbeigeeilt ist, beaufsichtigt den Durchgang.
Er verstellt einer kleinen dunkelhaarigen Frau vor mir den Weg:
„Sie, Sie können nicht so einfach durchgehen. Zeigen Sie mir Ihre Tasche. Herr Martin hat gesagt, daß alle Leute durchsucht werden müssen!"
Aber ich, mit leeren Händen, ich komme ohne weiteres durch...

Ich kann nicht gerade behaupten, daß ich mit Jubel zu Hause empfangen werde. Mama ist eher verärgert.

„Du kommst zu einer unmöglichen Zeit nach Hause, dazu in einem Aufzug, der jedem Landstreicher Scham einflößen würde, um mir dann zu erzählen, daß man dich hätte festnehmen können wie irgendeinen kleinen erbärmlichen Dieb! Es fehlte nicht viel, und wir hätten dich auf der Wache abholen müssen. Wirklich Michel, soviel Leichtsinn von dir..."
Sie hat Tränen in den Augen, und ich bin bei weitem nicht mehr so stolz wie vorhin auf meinem Kohlenhaufen, als ich mich für Sherlock Holmes II. hielt.
„Diebstahl! Auch ohne Einbruch", vervollständigt Papa streng. „Kannst du dir vorstellen, wohin dich das hätte bringen können?"
Ich versuche mich zu verteidigen:
„Sieh mal, Papa, das war doch kein Diebstahl, da ich ja die Köpfe in dem Haus gelassen habe."
„Ohne Zweifel. Aber wenn man dich dabei erwischt hätte? Ich bin der gleichen Meinung wie deine Mutter. Es wird Zeit, daß das aufhört. Ihr habt das Geheimnis entdeckt. Sehr schön! Aber es ist nicht eure Angelegenheit, die Nachforschungen zu Ende zu führen."
„So ist's richtig! Ich hab' alles getan, damit man mir nichts ankreiden kann, und jetzt werde ich ausgeschimpft. Ach, ich wünschte, ich wäre in einer Hirtenhütte, zusammen mit einem stummen Hund!"
Ich gehe unter die Dusche, während Papa nach dem Telefon greift. Verflixt noch mal, so langsam interessiert mich die Sache nicht mehr. Wenn ich mal wieder Lust auf Abenteuer habe, kaufe ich mir so'n Spezialbuch und basta.
Geduscht und wieder frisch, verschlinge ich wortlos das Abendessen, das Vicky in der Küche für mich warmgestellt hatte.

„Hat man noch Worte, seiner Mutter solche Sorgen zu machen?“ brummelt sie, „eine so sanfte Frau, die dich so liebt!“

Ja, ja, ich weiß ja, daß ich Unrecht habe. Es ist aber nicht unbedingt notwendig, mir den Appetit zu verderben, indem man es mir immer wieder vorwirft. Unlustig und mürrisch gehe ich ins Wohnzimmer, in der Hoffnung, daß die Sache vergessen ist. Papa macht ein böses Gesicht. Ich fange an, mich nun wirklich zu sorgen: Ist mein Fall denn so ernst?

„Was ist, Vati? Hat dir Kommissar Monin etwas Unangenehmes mitgeteilt?“

Papa unterbricht sein unruhiges Hin- und Herlaufen.

„Herr Monin ist verreist! Er kommt erst spät in der Nacht zurück. Der Kopf des Hohepriesters bleibt noch für eine gute Weile in der Mülltonne!“

Eingriff in letzter Minute

Wir waren gerade im Begriff, zu Bett zu gehen, als Omi Gambier anrief. Papa versicherte ihr, daß alles so schnell wie möglich erledigt würde.
„Vor allem, unternehmen Sie bitte nichts. Michel hat schon genügend Dummheiten gemacht. Von jetzt an kümmere ich mich um alles. Der Kopf? Er wird morgen früh in Ihrem Besitz sein, ich versichere es Ihnen."
Arme Großmama! Ich bin sicher, daß sie sehr traurig ist. Beim letzten Akt beiseite geschoben zu werden, das ist wohl das Bitterste, was man erfahren kann!
Unfähig einzuschlafen, laufe ich zwischen meinem Zimmer und dem Arbeitszimmer meines Vaters hin und her, während Papa neben dem Telefon Wache steht. „Bist du sicher, daß der Kommissar sofort nach seiner Rückkehr hier anrufen wird?"
„Aber ja, mach dir keine Gedanken und geh ins Bett."
So ist's richtig, ich muß gehorchen wie ein braver, folgsamer Wauwau, während der Kopf, der wertvolle Kopf unter Kartoffelschalen vergraben ist! Armer Hohepriester, das wird seine dunkle Miene sicher nicht aufhellen.
„Weißt du Papa, er ist wirklich sehr schön." Papa erschrickt:
„Von wem sprichst du?"

„Vom Kopf natürlich! Er sieht ein wenig wie ein Dämon aus. Ich frage mich, ob Luc mir nicht die Kopie schenken könnte, womit ich gewiß zufrieden wäre. Ich weiß nicht warum, aber sie gefällt mir noch besser als das Original."
Mein lieber Vater beginnt ironisch zu werden:
„Nachdem du deinen Freunden hervorragende Dienste erwiesen hast, können dir die Gambiers ein solch bescheidenes Geschenk nicht ablehnen!"
In diesem Augenblick klingelt das Telefon... Enttäuschung! Ein Patient braucht Vati.
„Michel, bleib hier, und nimm bitte die Telefonanrufe entgegen. Ich bin höchstens eine halbe Stunde weg."
Als Papa heimkommt, ist es nicht weit von Mitternacht, und ich habe an meiner rechten Hand keine Fingernägel mehr.
„Herr Monin hat nicht zurückgerufen. Spät in der Nacht, welche Zeit ist das, deiner Meinung nach?"
„Das kann ebensogut Mitternacht sein wie drei Uhr morgens, denke ich."
Er sagt das ganz ruhig. Ich könnte heulen!
„Drei Uhr nachts, aber das ist ja schrecklich! Stell dir vor, Papa, wenn die Polizei zu spät eingreift?" Nun ist er doch etwas verstört, daß er seine Gedanken so trocken geäußert hat.
„Komm, Michel, benimm dich nicht wie ein kleines Kind; der Kopf ist in der Mülltonne in Sicherheit, bis die Müllabfuhr kommt, und die beginnt ihre Arbeit nicht vor sechs Uhr morgens. Wir haben also genügend Zeit."
Genügend Zeit, genügend Zeit... Ich fange wütend an, auch noch die Nägel meiner linken Hand in Angriff zu nehmen, als mir ein Gedanke durch den Kopf schießt.

„Papa! Wir müssen sofort hin! Komm, ich bitte dich!“ Ich bin auf meinen Vater losgegangen und versuche ihn aus seinem Sessel zu zerren.
„Michel, laß mich doch los. Was ist denn plötzlich in dich gefahren?“
Ich bin bereit, ganz allein durch die Nacht zu gehen, zu laufen, zu rennen bis zum Boulevard. Die Mühe kann ich mir sparen: Es genügt ein Wort, ein einziges Wort, das ich meinem Vater sage. Er erstickt einen lauten Aufschrei, und schon stürzen wir in den Flur. Ich habe gerade noch Zeit, eine Jacke über meinen Schlafanzug anzuziehen. Zum Aufzug, schnell! Unten angekommen, rein in den kleinen Fiat, den Papa für seine Krankenbesuche benutzt. Blitzstart. Hoffentlich kommen wir noch zur rechten Zeit!

Welches Zauberwort diesen Umschwung bei meinem Vater hervorrief? Ich bin gutmütig und werde es verraten: Ich habe gesagt: „Die Clochards!“ *
Es gibt viele von ihnen, die jede Nacht durch die Straßen von Paris irren und mit den Katzen die Beute teilen, die sie in den Mülltonnen gefunden haben. Aber während die Katzen gern nehmen, was eßbar ist, suchen die Clochards das heraus, was sich an Altwarenhändler wieder verkaufen läßt. Sie sind praktisch die Vor-Müllmänner! Jeder Gegenstand ist ihnen gut genug, auch wenn er sich in noch so schlechtem Zustand befindet.
Und dann gleich zwei unbeschädigte Schnitzereien, welch ein Fang! Diese Leute fangen schon sehr früh mit ihrer Arbeit an. Wir sind noch nicht auf dem Boulevard ange-

* Clochard: Obdachloser, Landstreicher

kommen, als ich schon das Gefühl der Niederlage habe...
Hier ist das Wohnhaus, dort die Toreinfahrt...

Papa bremst scharf, ich stürze hinaus. Die große Mülltonne steht da und quillt von schlecht riechenden Abfällen über. Nichts zu machen, jetzt ist nicht der Augenblick, sich zu ekeln.

Mit einem entschlossenen Ruck nehme ich den Deckel ab und schütte den ganzen Inhalt aus. Das wird der freundlichen Concierge morgen Freude machen! Aber vergebens suche ich mit dem Fuß den Abfallhaufen durch. Alles ist weich, es gibt nirgends Widerstand:

Die beiden Köpfe sind weg!

„Pst, Michel, sieh mal!"

Mein Vater hat den Wagen verlassen und deutet mit dem Finger auf die andere Straßenseite: ein Clochard, der die Mülltonnen durchsucht.

Besser ausgerüstet als ich, hat er einen langen Haken, mit dem er all das, was ihm lohnenswert erscheint, aus den Tonnen herausholen kann. Er nimmt kaum Notiz von uns. Auf Vatis Frage schüttelt er den Kopf:

„Nee, ich überquere die Straße nie. Die andere Seite ist Pauls Revier."

„Ist er schon vor langer Zeit hier gewesen?"

„Kann ich nicht sagen. Jeder hat seine Arbeit, nicht wahr?"

Nein, es ist doch unmöglich, soviel Pech zu haben! Meine Freunde werden mir diesen Mißerfolg nie verzeihen. Ich hätte die Köpfe vorhin mitnehmen sollen, anstatt sie in diese verwünschte Tonne zu stecken. Und ich fand meine Idee so gut!

Als wir uns entmutigt entfernen wollen, gibt uns der Clochard doch noch einen Tip.

„Paul fängt auf dieser Seite an und geht dann rechts runter. An der Posthornkneipe angelangt, hält er sich im allgemeinen ein paar Minuten dort auf.“ Er ist doch anständig, unser Landstreicher! Papa drückt ihm seinen Tabaksbeutel in die Hand, und wir laufen zum Wagen. Während wir die Straße entlang fahren, beobachte ich die rechte Seite, entdecke aber niemanden. Endlich Lichter. Ein kleines beleuchtetes Lokal. Und davor, genau unter dem Halteverbotsschild, steht ein uralter Kinderwagen, gefüllt mit allerlei Krimskrams.

Dieses Mal wühle ich mit zwei Händen. Zum Teufel mit den Bakterien. Außerdem schwebt in unserer Wohnung ständig ein Hauch von Antiseptika, so daß ich wohl auf Lebenszeit immunisiert bin!

Endlich wird mein Heldenmut belohnt. Meine Hände fühlen einen harten Gegenstand... Ich hole triumphierend... den Kopf heraus! Ach nein, die Straßenbeleuchtung zeigt mir, daß es sich um die Kopie mit den leeren Augen handelt. Also weiter! Hier ist der richtige! Der Clochard hat das Papier entfernt, das die Köpfe schützte. Sie sind doch hoffentlich nicht beschädigt, oder? Nein, ich glaube nicht.

Papa klopft mir auf die Schulter:

„Na, mein Sohn, zufrieden?“

Auch er scheint ganz glücklich zu sein. Ich glaube, er hatte ebenso viel Angst wie ich. Wir gehen zum Wagen zurück, als ein merkwürdiger Mensch aus dem Lokal herauskommt. Das ist der Clochard in seiner ganzen Pracht, noch schmutziger als der andere.

Seiner Fahne nach zu schließen, scheint er nicht gerade eine Obstsaftkur gemacht zu haben.

„So ist's richtig, man geniert sich überhaupt nicht mehr!

Man fährt Auto, man spielt den braven Bürger und ist nicht mal imstande, die Mülltonnen selbst durchzusuchen! Klar, es ist leichter, den armen Leuten die Ware zu klauen, Ware, die ich im Schweiße meines Angesichts zusammengetragen habe! Ja, mein Herr, drei Kilometer entlang der Straßen, jede Nacht. Und ich kann mich nicht mal einen Augenblick ausruhen, ohne daß man mir die Perle meiner heutigen Arbeit stiehlt!"

Er schreit und stöhnt und weint... Die Stammgäste der Kneipe sind herausgekommen, und spottend ermuntern sie ihn:

„Auf, Paul, laß dir's nicht gefallen!" Vati ist fürchterlich verlegen. Und ich erst in meiner Schlafanzughose! Es würde nur noch fehlen, daß die Polizei aufkreuzt, dann säßen wir schön in der Tinte!

„Ach, hören Sie doch mit Ihrer Jammerei auf!" Papa hat so laut geschrien, daß der andere plötzlich verstummt.

„Diese Köpfe sind aus Versehen weggeworfen worden. Ich bin bereit, Sie zu entschädigen."

Er macht eine Bewegung, um seine Brieftasche herauszuholen... Aber nur die Bewegung. Ich sehe seinem Gesicht an, daß wir noch nicht am Ende unserer Mühsal sind, denn er hat weder Papiere noch Geld bei sich: Er ist in der Hausjacke losgefahren!

Meine Freunde geben gerne zu, daß ich, obwohl träge im täglichen Leben, ganz energische Entschlüsse fassen kann, wenn schwierige Situationen auftreten. Ich weiß sehr wohl, von wem ich diesen Charakterzug habe, nämlich von meinem Vater. Auch er läßt sich heute abend durch die widrigen Umstände nicht kleinkriegen.

Kaum hat er festgestellt, daß er ohne einen Pfennig ist, hat er schon eine Lösung gefunden. Er zieht seine warme und mollige Jacke aus und wirft sie dem Clochard in die Arme. „Hier, das wird Ihnen mehr Dienste leisten als die beiden Holzköpfe!"

Paul bleibt einen Moment ohne Worte. Er streichelt das Futter, spielt mit der Kordel, murmelt: „Junge, Junge, das ist aber was Feines..."

Papa zieht mich zum Wagen:

„Komm schnell, bevor er noch mein Hemd verlangt!" Der kleine Fiat macht eine blitzschnelle Kehrtwendung, und ich habe gerade noch Zeit zu verstehen, was Paul uns nachruft:

„Ich werde sie tragen, wenn ich im Elyséepalast * eingeladen werde!"

Unsere Rückfahrt ist vergnügt. Papa trällert vor sich hin. Ich drücke die beiden abenteuerlustigen Köpfe fest auf meine Knie, den ohne Augen mit ganz besonderer Zärtlichkeit, weil ich hoffe, daß er in meinen Besitz übergehen wird. In Hemdsärmeln kommt mir Papa viel jünger vor. Aber ein Gedanke beunruhigt mich:

„Diese Hausjacke, die hat dir doch Mutti zu Weihnachten geschenkt, nicht wahr? Was wird sie jetzt sagen?" Mein Vater spielt den Überlegenen.

„Mein Junge, im Leben muß man eben Risiken auf sich nehmen."

Plötzlich kann er sich nicht mehr halten und beginnt lauthals zu lachen.

„In was für eine Situation hast du mich da gebracht! Du

---

* Elyséepalast: Sitz der französischen Regierung

sahst prächtig aus, als du in der Mülltonne wühltest, und das im Schlafanzug!"
„Und du, als du mit großartiger Geste deine Hausjacke verschenktest."
Wir stehen vor unserem Haus, aber wir können nicht aus dem Auto steigen: Über sein Steuerrad gebeugt, lacht der würdige Doktor Clarens, lacht und lacht, als ob er fünfzehn Jahre alt wäre!

Was nun?

Mitten in der Nacht habe ich meine Freunde geweckt, um ihnen zu versichern, daß es endlich geschafft sei! Und ich habe die paar Stunden vor Tagesanbruch mit Träumen verbracht: von einem Pater José, der aus den Händen von Paul, dem Müllwühler, einen Scheck ausgehändigt bekam, der mit unendlich vielen Nullen geziert war!
Gleich am frühen Morgen bin ich zu den Gambiers gerannt und ließ die Kopie des Kopfes (merkwürdigerweise nenne ich ihn in meinen Gedanken jetzt immer den „Dämon“) in meinem Zimmer, was Vicky sehr mißfiel. Sobald sie ihn sah, beschuldigte sie ihn, den „bösen Blick“ zu haben, was für einen Kopf ohne Augen eines gewissen Reizes nicht entbehrt!
Der echte Kopf ist nun hier im Wohnzimmer der Gambiers und sieht mit seinen grünen Augen die ganze Familie an, die der Erzählung unserer nächtlichen Heldentat mit Spannung zuhört. Ich habe einen unbeschreiblichen Erfolg! Die Zwillinge sind so beeindruckt, daß sie sich hüten mich „Rundkopf“ zu nennen. Ich höre nur lauter respektvolle „Michel“. Phil übertrifft sich selbst und will mir sogar sein Jagdhorn leihen. Oliver will nicht hinter seinem Bruder zurückstehen und beeilt sich, mir sein Veloziped anzubieten, damit ich mich „ein bißchen amüsiere“.

Aber der Schelm, der ständig aus seinen Augen blitzt, sagt mir, daß es vermutlich nicht leicht ist, darauf das Gleichgewicht zu halten. Ich ziehe es vor, meine neue Würde als erfolgreicher Detektiv zu behalten, und lehne dieses großzügige Angebot ab.

„Durrieux muß ganz außer sich sein“, jubelt Marie. Ihre Freude steht ihr gut; nie waren ihre Augen glänzender.

„Was Durrieux anbelangt...“

Omi ist unruhig und geht im Zimmer auf und ab. Sie spricht wenig heute morgen. Was bedrückt sie noch? „Was Durrieux anbelangt“, wiederholt sie, „habe ich große Lust, mal nachzusehen, was er macht.“

Jetzt übertreibt sie aber.

„Omi, du denkst doch nicht im Ernst daran“, protestiert Luc. „Wozu denn? Wir haben doch den Kopf, das ist die Hauptsache.“

Omi denkt aber anders.

„Mein Junge, so lange der Dieb noch frei herumläuft, meine ich, daß die Hauptsache, wie du sagst, noch nicht erledigt ist.“

„Aber Omi, du willst ihn doch wohl nicht selbst festnehmen?“

Ich wette, daß ihr das nicht unlieb wäre!

„Natürlich ist das unmöglich“, gibt sie mit Bedauern zu. „Aber ich kann ihn wenigstens überwachen und der Polizei mitteilen, was ich beobachtet habe... Kurz und gut, ich habe Lust, nochmals in die Kunstgalerie zu gehen.“

„Das wäre unglaublicher Leichtsinn“, versichert Marie. Großmama ist ganz anderer Ansicht.

„Aber warum denn, bitte schön? Ich habe diesen Mann für einen Augenblick auf dem Bürgersteig gesehen. Er selbst hatte nur Augen für Sokrates und die Zwillinge. Mich hat er ganz bestimmt nicht bemerkt. Ich gehe in seine Galerie, betrachte die Gemälde und schnuppere gleichzeitig die mich umgebende Luft, gerade nur, um festzustellen, ob irgendeine Unruhe zu spüren ist. Was riskiere ich dabei?"

Klar, Martin und die Concierge können ja nur von uns dreien gesprochen haben. Für Durrieux, der sie nicht kennt, ist Omi unverdächtig.

Durch unser Schweigen in ihrem Vorhaben noch bestärkt, verschwindet Omi Gambier und kommt nach kurzer Zeit wieder, bereit, sich auf den Kriegspfad zu begeben.

Das kleine pastellblaue Kostüm, das ihr so gut steht, ihre schönste Brosche auf dem Revers, eine einwandfreie Frisur: Wirklich, sie sieht prächtig aus, unsere unternehmungslustige Großmama.

„Ein Taxi wartet unten auf mich. Ich werde gegen zwölf zurück sein. Paßt auf die Zwillinge auf und laßt Sokrates nicht allein. Und vor allem: Seid vorsichtig!"

Das ist doch die Höhe!

„Glaubst du nicht, daß es eher an uns wäre, dich vor Unvorsichtigkeiten zu warnen?" fragt Luc ein bißchen aggressiv.

Die Tür schließt sich hinter einem leichten Lachen. Da haben wir's: Wir müssen jetzt auf die Gören aufpassen, und unsere Großmutter stürzt sich ins Abenteuer. So'ne Generation!

„Soll ich euch mal was sagen?" ereifert sich Luc, „es gibt einfach keine Großmütter mehr!"

Der Vormittag schleppt sich unendlich dahin. Wegen des Telefons trauen wir uns nicht, die Wohnung zu verlassen.

Den Zwillingen haben wir angeboten, Halma zu spielen, was jedoch mit Verachtung abgelehnt wurde. Das sei ein Spiel für Babys!
Sie haben sich in Gesellschaft von Sokrates in ihr Zimmer zurückgezogen, dem sie, wie sie behaupten „nützliche Dinge“ beibringen wollen. Da ich ihre Hirnwindungen kenne, frage ich mich mit einer gewissen Neugier, welche Kenntnisse sie für einen Papagei als „nützlich“ betrachten. Wir, die Großen, gähnen, legen die Karten weg, blättern in Büchern. Wir wollen es nicht zugeben, aber wir sind alle neidisch auf Omi!
Endlich geht die Tür auf: Sie ist es. In Hochform! „Ach, Kinder, dieser Herr Durrieux ist ja ein fabelhafter Mann!“ Sie ist ganz aufgekratzt, wirft ihre Tasche in einen Sessel, ihre Jacke auf einen anderen und setzt sich auf die Couch.
„Wieso Durrieux?“ ruft Luc ungläubig, „du hast mit ihm gesprochen?“
„Selbstverständlich! Ich kann wohl behaupten, daß ich mich den ganzen Vormittag mit ihm unterhalten habe. Er besitzt Bildung und Geist! Wirklich, das war ein Hochgenuß!“
Wir werfen uns entsetzte Blicke zu. Heute morgen wollte sie ihn festnehmen lassen, und nun bewundert sie ihn!
Omi, die uns heimlich aus dem Augenwinkel beobachtet und unsere Bestürzung sieht, lacht schallend auf. „Ihr armen Kinder, ihr versteht auch gar nichts! Wartet wenigstens, bis ich euch alles erkläre. Der Durrieux, den wir neulich verfolgt haben, war nicht der richtige Durrieux!“

Na gut, noch eine Schwierigkeit mehr! Kein Wunder, daß Omi so aufgekratzt ist, sie liebt ja so was. Aber ich fange an zu ermüden bei diesem Geheimnis, das immer dichter wird.

Kommissar Monin sollte schnellstens die Sache in die Hand nehmen, sie ist doch zu kompliziert für uns Laien.

„Kompliziert?“ sagt Omi, nachdem ich ihr meine Gedanken auseinandergesetzt habe. „Keineswegs, es ist sehr einfach. Hört mal zu.“

Ich muß zugeben, daß wir beim Zuhören spannende Höhepunkte erleben. Es gibt Leute, die so stumpfsinnig erzählen, daß die interessanteste Geschichte sich in einem dichten Londoner Nebel verliert. Indessen wird Omi Gambiers Geschichte zu einem Breitwandfilm in leuchtenden Farben!

Unmöglich, alles wiederzugeben, was sie uns erzählt, aber hier die wichtigsten Dinge:

Sie hat die Galerie Durrieux voller Geschäftigkeit vorgefunden. Man nahm Gemälde von der Wand ab, packte andere aus. In einem Wort, man bereitete die Ausstellung für Südamerikanische Kunst vor.

„Stellt euch vor, eine junge Person wollte mich unter dem Vorwand rauswerfen, daß die Galerie heute morgen für das Publikum geschlossen sei! Ich wußte es natürlich, denn an der Tür hing ein Anschlag. Und wenn ich trotzdem eingetreten bin, dann eben, weil ich hinein wollte. Mich dennoch hinauszuweisen, war doch taktlos, findet ihr nicht auch?“

Das ist wieder die ganz besondere Kunst von Omi, die Dinge, die ihr Schwierigkeiten machen, zu umgehen. Das junge Mädchen von neulich hatte es mit einer starken Gegnerin zu tun.

„Anstatt zu gehen, strebe ich also energisch dem hinteren Teil der Galerie zu. Man hatte eine Anzahl von Ausstellungsstücken auf einen Tisch gestellt, darunter einen sehr feinen ‚Huaco‘, ähnlich dem, den ihr mir mitbrachtet.“

„Der Flöte spielende Indianer?“
„Genau, und der so aussieht, als weine er, wenn die Vase mit Wasser gefüllt ist, weil die Augen aus einem feineren Material bestehen als der Rest der Vase. Ich erkläre das der jungen Dame, die es nicht wußte, als eine Stimme sagt: ‚Mein Kompliment zu Ihren vorzüglichen Kenntnissen, gnädige Frau.‘ Eine Tür hatte sich geöffnet, durch die ein Rollstuhl mit einem sehr feinen, weißhaarigen Herrn hereinfuhr.“
„Der Gelähmte!“ rief Luc. „Die Verkäuferin hat also gestern die Wahrheit gesagt?“
„Gewiß! Kurz und gut, dieser Herr fängt eine Unterhaltung mit mir an, geschickt mache ich ein paar Bemerkungen über die peruanische Kunst, die ich, dank euch, kennengelernt habe. Wir lassen die jungen Leute weiter in der Galerie arbeiten, während ich dem Herrn in seinen Salon folge, der ihm auch als Arbeitszimmer dient. Ich bluffe so gut, daß er mich für eine Kennerin halten muß. In seiner Begeisterung sagt er mir plötzlich: ‚Schade, daß ich Ihnen nicht das zeigen kann, was der eigentliche Clou unserer Ausstellung sein sollte: eine Chibcha-Skulptur, die den Kopf des Hohepriesters von Eldorado darstellt!“
Alle drei stoßen wir einen Überraschungsschrei aus. „Er ist also ein Komplize, dein feiner Herr?“ stichelt Luc.
Begeistert über die Spannung, mit der wir uns ihren Bericht anhören, wehrt Omi mit den Händen ab:
„Keineswegs, hört nur weiter. Also, er erwähnt diesen Kopf. Natürlich wundere ich mich, stelle Fragen, und Herr Durrieux erklärt: ‚Es handelt sich um ein wunderbares Stück. Dieser Kopf befand sich in Lima, in einem Kloster der Franziskaner. Sobald ich es erfuhr, beauftragte ich

meinen Angestellten Mirall, den Kopf für mich zu erwerben. Ein sehr unternehmungslustiger Bursche. Ich habe ihn vor kurzem eingestellt, und er erweist mir sehr große Dienste, indem er die Welt an meiner Stelle bereist, da es mir unmöglich geworden ist, es selbst zu tun.‘ “

Außer Atem hört Omi einen Augenblick auf, und wir nutzen ihre Verschnaufpause, um diese letzte Nachricht zu kommentieren.

„Dann ist also der große, dunkelhaarige Mann, der den Wagen von Herrn Durrieux benutzt, Mirall? Und Mirall ist es, von dem Martin sprach und der auch die Kopie-Arbeiten beaufsichtigt. Das paßt ja wunderbar zusammen“, sagt Luc anerkennend.

Ich selbst komme mir sehr mittelmäßig vor.

„Wieso haben wir nicht gleich daran gedacht, daß der Fahrer eines Wagens nicht unbedingt auch der Besitzer sein muß? Wir waren jämmerlich!“

„Sachte“, tröstet mich liebevoll Marie, „wir haben doch die richtige Spur gefunden, und das ist doch bei allem die Hauptsache, nicht wahr?“

„Wenn jedoch dieser Mirall“, beginnt Luc wieder, „mit dem Kauf des Kopfes beauftragt war, wie kommt es, daß wir ihn nicht in Lima gesehen haben? Warum hat er diesen blonden Mann vorgeschickt?“

Omi hebt die Augen zum Himmel.

„Mein Junge, ich bin keine Hellseherin. Soviel ich noch erfahren konnte, ist die ganze Angelegenheit in der Schwebe. Mirall soll angeblich auf der Suche nach dem Kopf sein, der von einem Europäer gekauft worden ist, dessen Namen man nicht kennt. Das ist auf jeden Fall die Geschichte, die er Herrn Durrieux erzählt hat.“

„So'ne Frechheit!" entrüstet sich Marie. „Dieser arme Herr Durrieux wird also von Mirall betrogen." „Was nicht sicher zu sein braucht", verbessert Luc, immer skeptisch. „Wer sagt dir denn, daß Durrieux nicht doch sein Komplize ist und daß er Omi diese Geschichte erzählt hat, um alle Verdächtigungen von sich abzuwenden?"

Omi ist empört. Sie ist von Durrieux' Unschuld überzeugt. Da ihre Freundschaftsempfindungen genauso stark sind wie plötzlich, ist es besser, ihr nicht zu widersprechen. Auf jeden Fall ist es nun Sache der Polizei, die Mittäterschaft eines jeden einzelnen festzustellen.

Das ist auch bestimmt die Meinung von Kommissar Monin, der jetzt zum Mittagessen bei uns ist. Ich habe ihm alles erzählt, und ich kenne ihn gut genug, um zu wissen, daß er sehr interessiert ist. Natürlich hänselt er Vati wegen unserem nächtlichen Abenteuer, äußert sich jedoch sehr anerkennend darüber, daß wir uns so gut aus der Affäre gezogen haben. „Schade, daß ihr mich gestern nicht früher angerufen habt!"

Erst bei den Gambiers, wohin ich ihn mitgenommen habe, willigt er ein, weitere Erklärungen abzugeben. Großmama erzählt ihm noch einmal die Geschichte ihrer Nachforschungen von heute morgen. „Und was können Sie unternehmen, Herr Inspektor?" Die Antwort ist kategorisch:

„Nichts, gnädige Frau, rein gar nichts."

Unsere enttäuschten Gesichter scheinen ihn nicht zu rühren. Er fügt hinzu, mit einer Nuance von Sarkasmus in der Stimme:

„Es gibt ja keinen Diebstahl mehr: Der Kopf ist da. Weil die jungen Leute es für richtig hielten, selbst zu handeln, haben wir im Augenblick keinen Beweis für die Täterschaft von Mirall. Ja, wenn wir rechtzeitig benachrichtigt worden wären, und wenn eine Durchsuchung bei Martin uns ermöglicht hätte, den Kopf und die Kopie offiziell zu finden, wäre das Delikt klar; wir hätten handeln können. Heute ist es zu spät. Man ruft nicht den Arzt, wenn der Kranke wieder gesund ist!"

Luc, Marie und ich wagen nicht, uns anzusehen. Praktisch ist es unsere Schuld, wenn man jetzt nichts gegen diese Bande von Übeltätern unternehmen kann!

„Und unsere Aussagen?" meint Omi Gambier.

„Ohne Wert, sobald kein Beweis mehr vorhanden ist. Mirall und seine Bande werden alles frech abstreiten. Und wie wollen Sie beweisen, daß sie lügen? Auch wenn die Untersuchungsbeamten Ihnen glauben, so sind ihnen doch die Hände gebunden, und sie können nichts unternehmen."

Zu dumm: Wenn man bedenkt, daß Libermann, Mirall, der Mann aus Lima und vielleicht auch dieser Durrieux unbescholten ihren Handel weiter treiben können! Denn das ist bestimmt nicht ihr erster Coup!

Als er unsere Verlegenheit bemerkt, fügt der Kommissar hinzu:

„Ihr braucht nicht zu glauben, daß eure Auskünfte ganz ohne Wert sind. Wir werden sehr vorsichtig alle von euch angegebenen Verdächtigen beschatten. Ich wäre überrascht, wenn wir es nicht fertigbrächten, sie später bei einer anderen Sache zu überführen. Aber das kann vielleicht Monate dauern."

Magerer Trost. Jetzt gleich wünschten wir all diese Übeltäter hinter Schloß und Riegel zu sehen! Während wir den Kommissar zur Tür begleiten, höre ich, wie er Omi vorschlägt:

„Sie müßten diesen Kopf an einen sicheren Ort bringen. Man weiß ja nie!“
„Oh“, empört sich Omi, „sie werden doch nicht die Dreistigkeit besitzen, ihn ein zweites Mal zu stehlen?“ „Ach, gnädige Frau“, seufzt der Inspektor. „Sie kennen die Zähigkeit solcher Leute nicht. Und dann muß man noch mit verletztem Stolz rechnen: Von einer Dame und Kindern reingelegt worden zu sein, ist eine Tatsache, die sie schlecht ertragen können. Seien Sie vorsichtig, gnädige Frau, sehr vorsichtig. Und was euch junge Leute anbelangt, so unternehmt nichts mehr, ganz gleich, was geschieht: Ihr ruft mich sofort an. Einverstanden?“
Was hätten wir anderes tun können? Wir versprechen es, Kommissar Monin geht weg und läßt uns unzufrieden und unruhig zurück. Wer weiß — das Abenteuer ist vielleicht noch nicht zu Ende?

Phil wird entführt

Jetzt, wo wir diesen Kopf, der uns so in Atem gehalten hat, wieder in unserem Besitz haben, wissen wir nicht mehr, was wir mit unserer Zeit anfangen sollen. Heute schleppen wir unsere Langeweile in den Tiergarten, weil die Zwillinge meinen, es würde Sokrates Freude machen, seine Artgenossen wiederzusehen!

Stumpfsinniger Nachmittag. Es ist lange her, daß die Affen mir Spaß gemacht haben. Außerdem glaube ich, daß sie mich nie sehr interessiert haben. Ihre Komödiantengesichter sind von einer solchen Traurigkeit! Und dann diese Art, uns ähnlich zu sein, das ist einfach unanständig!

Melancholische Heimkehr. Sokrates hat doch glatt den Papageien den Rücken gekehrt, aber die Tüte Erdnüsse, die gar nicht für ihn gekauft war, hat er nicht verschmäht. Er hat in den Armen von Marie Zuflucht gesucht, die ihn hält, als wenn sie mit einer Puppe spielte. Der Vorteil ist, daß er dadurch weniger auffällt. Schließlich werden sie uns lästig, all die Leute, die uns mit den Augen verfolgen, als ob es eine Beleidigung der Staatsordnung wäre, einen Papagei spazierenzuführen.

Da sind die Eingänge zur Metro. Jetzt habe ich es eilig, nach Hause zu kommen. Wer weiß, vielleicht gibt es was Neues? Ich gehe vor der kleinen Gruppe her, springe mehrere

Stufen auf einmal die Treppen hinunter. Hier am Ende ist unser Bahnsteig. Schnell! Schnell! Die Trennungstür zum Bahnsteig wird geschlossen. Wir laufen... wir zwängen uns durch... wir haben es geschafft!

Und Phil? Wo ist Phil?

Der trödelt sicher wieder vor irgendeinem verlockenden Plakat herum. Verflixt! Seinetwegen versäumen wir unseren Zug. Schade, wir nehmen dann eben den nächsten. Die Wagen entfernen sich, die Absperrung öffnet sich. Schon strömen die Reisenden für den nächsten Zug auf den Bahnsteig, aber von Phil keine Spur. „Das ist doch nicht möglich", sagt Omi Gambier, ganz blaß, „er war doch noch neben mir, als wir zur Absperrung gelaufen sind!"

Wieder Gänge. Wir laufen in die andere Richtung los. Leute... so viele Leute, die kommen und gehen, und wir suchen vergebens nach dem leuchtenden Fleck von Phils gelbem Polohemd.

„Er ist offenbar wieder umgekehrt. Aber warum?"

Hier zweigt ein Weg ab. Dieser Gang führt zum Ausgang.

„Geh du in diese Richtung", sagt Luc zu mir, „Omi und Marie gehen hier entlang, und ich laufe zu einem Bahnbeamten, um Phil ausrufen zu lassen."

Wir laufen im Galopp los, ich stoße Menschen an, die protestieren, aber das ist mir egal. Phil, der kleine Phil, seine erstaunten Augen, seine Tapsigkeit, seine nette Art, es ist doch nicht möglich, daß er verlorengegangen ist, verloren oder... Ich ziehe vor, mir nicht die schreckliche Möglichkeit auszumalen. Phil entführt, um Abenteurern als Geisel zu dienen, die vor nichts zurückschrecken!

Die Stufen, der Ausgang. Und plötzlich... Ja, ich habe

richting gesehen, beinahe ganz am Ende der Stufen eine kleine Gestalt in Blue jeans mit gelbem Hemd, die ein großer Kerl hinter sich herzieht. „Philippe!"
Ich rufe ihn, er dreht sich um, und plötzlich hört man eine tiefe Stimme aus dem Lautsprecher: „Philippe Gambier wird gesucht. Acht Jahre alt, gelbes Polohemd, blaue Hose. Gesucht wird..." Ich stürze nach vorn, werde von einem roten Blitz überholt. Das war Oliver, der mir gefolgt ist. Der Anblick seines Bruders läßt ihm Flügel wachsen. Er stürzt sich auf die rechte Hand des Mannes, beißt ihn wie wild. Der Mann schreit auf, läßt Phil los, der einen Satz nach hinten macht und in meine Arme fällt. Der Lautsprecher wiederholt:
„Gesucht wird..."
Die Vorbeigehenden haben die Szene beobachtet, umso mehr als Oliver tobt:
„Was wollten Sie von meinem Bruder? Dieb, Strolch, Halunke!"
Der Mann begreift, daß er verloren hat, und springt zum Ausgang, während Oliver ihm nachbrüllt: „Wenn es ein anderes Mal besser klappen soll, dann müssen Sie uns schon beide entführen!"
Wir sind mit dem Taxi zu meinen Eltern nach Hause gefahren. Papa hat einige Arbeit, um uns alle wieder in Ordnung zu bringen: Marie ist in Tränen aufgelöst, Omi am Rande einer Ohnmacht, Luc grünlich, meine Beine zittern, und die Krönung des Ganzen ist der überfressene Sokrates. Oliver mußte ein Beruhigungsmittel schlucken, weil er immer wieder schrie: „Mir meinen Bruder wegnehmen! Was bilden die sich eigentlich ein? Glauben sie, ich hätte ihn einfach im Stich gelassen?"

Der Ruhigste von uns allen ist sicherlich Philippe, von seinem Abenteuer noch ganz benommen. Als wir ihn fragen, warum er mit diesem Unbekannten gegangen sei, gibt er uns zur Antwort: „Ich hatte euch aus den Augen verloren. Der Mann sagte mir, daß ihr zum Ausgang gegangen seid und davon gesprochen hättet, ein Taxi zu nehmen... Er sah freundlich aus..."
„Du kannst doch nicht einfach mit jemandem gehen, den du nicht kennst, auch wenn er freundlich aussieht!" sagt Omi Gambier in strengem Ton. „Habe ich das nicht schon oft genug gesagt? Vergiß es nicht wieder!"
Kommissar Monin ist ganz und gar nicht zufrieden. Er kam sofort, als wir ihn benachrichtigten, und marschiert nun wütend im Wohnzimmer auf und ab. „Langsam geht er mir auf die Nerven, euer Mirall. (Unser? Vielen Dank!) Wahrscheinlich war er es, der den Kleinen entführen wollte, um Druck auf euch auszuüben und euch diesen verdammten Kopf abzujagen. In meinem Beruf sehe ich ja so allerhand, aber Kindesentführungen finde ich widerlich. Ich hätte nie gedacht, daß Mirall soweit gehen würde, denn letzten Endes ist das Risiko enorm! Man muß schon annehmen, daß dieser Kopf für ihn ungewöhnlich wichtig ist!"
Klar, das war schon ein übles Stück! Ich jedoch habe den Mann, der Phil entführen wollte, aus nächster Nähe gesehen und kann beschwören, daß es nicht Mirall war! Er handelte wahrscheinlich auf Anweisung unseres Gegenspielers. Das ist eine richtige Organisation!
„Mein Gott", stöhnt Omi, „gebt ihm den Kopf... und Mirall läßt uns vielleicht in Ruhe!" Ich glaube, in diesem Augenblick sind wir alle ihrer Meinung.

Angstvolle Tage. Der Gedanke an die Gefahr, die Philippe durchgestanden hat, läßt uns nicht los; ein Schutzengel der Polizei hat das Wohnzimmer der Gambiers bezogen für den Fall, daß Mirall noch eine Gewalttat versuchen sollte. Meine Freunde dürfen das Haus nicht mehr verlassen: Omi sperrt sie ein bis zur Rückkehr ihrer Eltern. Man kann nicht gerade behaupten, daß das ihre gute Laune fördert. Luc hört nicht auf zu meckern, Marie seufzt den lieben langen Tag, und die Zwillinge sind ausgesprochen gereizt.
Nur, bei ihnen hängt es nicht mit dem Eingesperrtsein zusammen. Sie sind so verärgert, weil Sokrates sich weigert, diese bewußten „nützlichen Dinge" zu lernen, die sie ihm schon seit einigen Tagen eintrichtern wollen. Was mag das bloß sein? Sie tun weiterhin geheimnisvoll und wollen nichts verraten.
Omi für ihren Teil zählt die Tage:
„Mal sehen, mein Brief ist gestern abgegangen, eure Eltern werden ihn also morgen erhalten. Sie antworten sicherlich per Telegramm... In spätestens drei Tagen wissen wir das Datum ihrer Rückkehr." Nach der ernsten Entwicklung der Dinge hat sich Großmama Gambier entschlossen, ihren Sohn von dieser ganzen Geschichte zu unterrichten.
„Was den Diebstahl des Kopfes anbelangt, so hat sich ja alles sehr schnell abgespielt: Wir hatten ihn ja wieder, bevor ich überhaupt schreiben konnte! Aber jetzt sind die Kinder in Gefahr, mein Sohn muß seine Rückreise vorverlegen."
Ich leiste meinen Freunden den ganzen Tag Gesellschaft. Kaum habe ich mein Frühstück runtergeschlungen, bin ich schon bei ihnen und gehe erst zum Schlafen wieder nach Hause. Heute haben wir das Wohnzimmer dem Polizisten

überlassen, der Omi gerade eine verwirrende Geschichte über Falschmünzer erzählt, die dank seines Einsatzes festgenommen werden konnten. Wir haben uns in das Zimmer von Luc geflüchtet, als die Zwillinge mit all ihrem früheren Schwung eindringen und uns lachend erzählen:
„Endlich! Sokrates kann es, er kann es! Hört mal zu!"
Ermutigt und gestreichelt entschließt sich Sokrates, mit den Flügeln zu schlagen, was ein gutes Zeichen ist. Er spricht nur, wenn er sich bewegt (das muß ein Südfranzose sein!). Wir warten gespannt, wissen nur nicht, was kommt: ein Satz, ein Spruch, ein Vers... Von wegen! Die knarrige Stimme sagt plötzlich:
„Acht mal sieben, sechsundfünfzig; acht mal acht; vierundsechzig; acht mal neun, zweiundsiebzig", und voller Schwung fängt er gleich wieder von vorne an: „Acht mal sieben..."
Na, damit hatte ich nicht gerechnet! Armer Papagei: Repetitor für Latein und jetzt ein lebendes Einmaleins!
„Bravo, Kinder. Noch ein wenig Mühe, und ihr könnt Sokrates in einem Fernsehspiel vorstellen!"
Die Zwillinge sind sehr stolz auf ihren Schüler. „Wißt ihr", erklärt Phil, „es gibt da ein paar Sachen im Einmaleins, die wir einfach nicht behalten können, weder Oliver noch ich."
„Wenn wir jetzt fragen", ergänzt Oliver, „was ist acht mal sieben? antwortet Sokrates sechsundfünfzig. Eine prima Sache ist das."
Plötzlich hält er inne, die Hand auf dem Mund: „Phil, hast du gehört, was ich gesagt habe?"
„Ja", sagt Phil mit erstickter Stimme. „Acht mal sieben ist sechsundfünfzig, acht mal acht ist vierundsechzig..."
Beide sehen sich entgeistert an:

„Das war wahrhaftig notwendig, uns so viel Arbeit zu machen! Wir brauchen keinen Sokrates mehr!“ jammert Philippe.
„Nein“, vervollständigt Oliver. „Diese Rechenaufgaben haben wir ihm so oft vorgesagt... und jetzt wissen wir sie auswendig!“

Wir lachen noch über die Enttäuschung der Zwillinge, als Omi Gambier mit einem Brief in der Hand erscheint. Marie springt auf:
„Die Antwort von Vati, jetzt schon?“
Mit undurchdringlicher Miene schüttelt Omi den Kopf:
„Dieser Brief hat sich mit meinem gekreuzt. Eure Eltern machen im Augenblick Ausgrabungen am Rande des Titicacasees. Sie leben zehn Tage lang ohne jede Verbindung zur Außenwelt und bitten uns, uns keine Sorgen zu machen, wenn wir längere Zeit ohne Nachricht von ihnen bleiben.“
Uns ist das Lachen vergangen. Die Gesichter werden lang.
„Deinen Brief, Omi“, fragt Marie, „werden sie also erst in zehn Tagen lesen?“
„Ganz gewiß.“
„Da müssen wir ja noch diese ganze Zeit eingesperrt bleiben? Das ist doch nicht möglich, wir kriegen ja die Tollwut!“ protestiert Luc.
Omi gibt keine Antwort. Sie hat ihr entschlossenes Gesicht der vergangenen Tage wieder aufgesetzt. Was führt sie wieder im Schilde? Meine Freunde haben sich ganz ihrer Enttäuschung hingegeben und noch nichts gemerkt. Omi sieht mich an... Kein Zweifel, sie hat etwas vor, und sie weiß, daß ich verstanden habe.

„Michel, komm bitte mal mit mir“, sagt sie plötzlich.
„Aber nein“, protestiert Luc. „Es ist wirklich nicht lustig, hier eingesperrt zu sein, und jetzt willst du uns noch Michel wegnehmen.“
„Wir müssen etwas erledigen“, antwortet Omi geheimnisvoll. „Es wird nicht lange dauern, aber es wäre mir ganz lieb, er würde mich begleiten.“ Die Entmutigung ist bei meinen Freunden derart groß, daß keiner nach einer Erklärung fragt. Ein paar Minuten später finde ich mich in einem Taxi wieder, das zum Seine-Ufer fährt. Neben mir sitzt Omi, sehr entschlossen, mit einem Paket auf dem Schoß. Keiner spricht. Wozu auch? Die Lage ist unerträglich geworden, das muß ich zugeben. Aber ist Großmamas Vorhaben die richtige Lösung?
Obwohl Omi sich einen Spaß daraus macht, die Verwegene zu spielen, ist sie die zärtlichste aller Großmütter. Daß sie sich zu diesem Opfer entschlossen hat, um ihre Enkel zu schützen, wundert mich nicht. „Halten Sie hier“, bittet sie den Fahrer, „und warten Sie auf uns. Wir sind in fünf Minuten zurück.“
Hier, das ist die Ecke der Rue du Fleuron.
Ich frage:
„Glauben Sie, er wird in der Galerie sein?“
„Man muß sein Glück versuchen“, antwortet Omi.
„Außerdem kennen wir keine andere Anschrift. Auf jeden Fall wird Herr Durrieux da sein. Komplize oder nicht, er wird in der Lage sein, meine Nachricht an den Betreffenden weiterzugeben.“
Da ist die Galerie Durrieux. Aber was geht hier vor? Das Schaufenster ist beleuchtet, innen drängt sich eine elegante Gesellschaft. Hoffentlich ist... Aber ja, tatsächlich: die

Eröffnung der Ausstellung „Südamerikanische Kunst". Man kann wohl behaupten, daß wir mal wieder im richtigen Moment gekommen sind. Also wiederkommen oder warten, bis alle Leute weg sind. Aber von wegen! Wenn Omi einen Entschluß gefaßt hat, kann auch keine Gesellschaft von über fünfzig Personen sie daran hindern, ihn auszuführen. Sie öffnet die Tür. Die Gespräche sind so intensiv, daß man uns zunächst überhaupt nicht bemerkt. In unserer Nähe kommentiert man gerade eine naive Malerei in einem breiten goldenen Rahmen.

„Göttlich. Wunderbar! Sehen Sie nur, Verehrtester..." Großmama bahnt sich einen Weg durch die Gruppen hindurch, schiebt, ohne mit der Wimper zu zucken, die im Wege Stehenden beiseite. Die Leute protestieren, sie mustern uns, die Unterhaltungen hören abrupt auf. Als wir am Ende der Galerie angelangt sind, herrscht neugieriges Schweigen. Die Gesellschaft verfolgt uns mit den Augen, erstaunt und unbewußt gierig nach einem Skandal. Sie soll ihn haben!

Ganz am Ende eine Gruppe. In ihrer Mitte der Rollwagen eines Gelähmten: ein Herr mit weißen Haaren und feinen Zügen. Das ist also der richtige Herr Durrieux. Um ihn herum einige Herren mit Orden und etwas im Hintergrund — der dunkle Mirall! Omi steuert geradewegs auf ihn zu, nimmt das Papier vom Paket, das sie unter dem Arm trägt, und zum Vorschein kommt der dämonische Kopf, den ich nicht ohne Melancholie noch ein letztes Mal ansehe. Omi hält sich nicht mit nutzlosem Bedauern auf. Sie nimmt den Kopf, stopft ihn unter den Arm von Mirall, der vor Überraschung erstarrt, und spricht so laut sie kann: „Sie wollten ihn doch haben, diesen Kopf, nicht wahr? Nun, hier ist er!"

Und ohne ein weiteres Wort, ohne auf die Rufe von Herrn Durrieux zu antworten, strebt sie dem Ausgang zu. Wir gehen durch die Galerie, von Raunen begleitet, das immer dichter wird:

„Was ist los? Ist sie verrückt?"

Omi kümmert sich nicht drum. Man macht ihr Platz, und ich muß zugeben, daß ich sehr stolz auf sie bin. Sie hat Schneid! Das ist eine Frau! An der Tür angelangt, dreht sie sich noch einmal um und ruft der Gruppe im Hintergrund zu: „Und nun, Mirall, werden Sie meine Enkelkinder in Ruhe lassen! Hören Sie? Sie Kindesentführer!"

Sie schließt die Tür und läßt eine bestürzte Gesellschaft zurück. Im Laufschritt geht's zu unserem Taxi zurück.

„Ich werde meine ganzen Ersparnisse brauchen, um den Pater José zu entschädigen", seufzt Omi. „Aber was soll's: Die Kinder sind nicht mehr in Gefahr, und ich werde wieder ruhig schlafen können!"

Ein listiger Besucher

Unser Verschwinden wurde besser aufgenommen, als ich vermutet hatte. Kommissar Monin begnügte sich zu brummeln:
„Haben Sie beschlossen, uns arbeitslos zu machen, indem Sie diese Angelegenheit ohne uns zum Abschluß bringen... oder sollen wir die Kinder trotzdem noch überwachen?"
„Ganz wie Sie wollen!" antwortet Omi prompt, „aber unter der Bedingung, daß wir nichts mehr damit zu tun haben. Ich fürchte zu sehr Gegenschläge auf Kosten der Kinder."
„Die Banditen werden begeistert sein, daß Sie so leicht ihren Einschüchterungsversuchen erliegen", seufzt der Kommissar. „Aber schließlich müssen Sie allein die Sache entscheiden."
Er hat seinen Mitarbeiter wieder abberufen, dessen Anwesenheit nicht mehr notwendig ist.
„Es ist wirklich angenehmer, wieder unter sich zu sein", gibt Marie anerkennend zu.
Als sie erfahren, daß sie das Haus wieder verlassen dürfen, schnappen die Zwillinge vor Freude beinahe über. Sie stürzen zum Stadion, Oliver mit dem Jagdhorn um den Hals und Philippe, der das Veloziped schiebt. Ja, ich habe mich nicht geirrt: Auf Grund von geheimnisvollen Verhandlungen haben die vom Flohmarkt mitgebrachten Gegenstände ihren Besitzer gewechselt!

Wohl nicht für lange, glaube ich. Oliver fehlt es an Geduld, da er aus dem Jagdhorn nur Katzengejammer hervorbringt, was ihn wild macht. Und was Phil anbelangt, so hat er größte Schwierigkeiten, das Gleichgewicht auf diesem hohen Ding zu halten, und der Versuch endet mit einem denkwürdigen Sturz.

„Du kannst es wiederhaben, dein blödes Ding da", stöhnt er, voller Wut. „Guck dir das mal an, wie mein Knie blutet!"

„Komm, wir gehen nach Hause", schlägt Marie vor.

„Omi macht dir einen Verband."

„Du brauchst dich nicht um ihn zu kümmern, Marie, ich gehe schon mit."

Und ich bringe den Verletzten nach Hause, der sich hinkend auf mich stützt. Großmama verläßt die Terrasse, auf der sie ihre wiedergefundene Ruhe genossen hat.

„Michel, bring ihn auf sein Zimmer, ich hole das Verbandszeug und komme."

Phil streckt sich auf seinem Bett aus, während Sokrates ihn zärtlich an den Haaren ziept. „Sachte, Sokrates, oder ich bringe dir nichts mehr bei."

„Das wäre schade", sage ich, ohne zu lachen. „Wie wäre es, wenn du ihm Geschichte beibrächtest. Ich bin überzeugt, daß er manche Daten behalten würde."

Ich sehe am interessierten Blick von Phil, daß meine Idee bei ihm gut ankommt. Ich möchte wetten, daß Sokrates in einigen Tagen in französischer Geschichte unschlagbar ist.

Nanu, es hat geklingelt. Wird Omi den Störenfried hereinlassen? Ja, Stimmen verraten mir, daß Omi sich mit einem Besucher ins Wohnzimmer begibt. Wappnen wir uns mit

Geduld! Zu dumm! Das Knie von Phil blutet immer noch, und das Taschentuch auf der Wunde ist schon ganz rot. Macht nichts, wenn es unhöflich erscheint, aber ich werde Omi rufen; der Besucher kann ja einen Augenblick warten. Um schneller zu sein, gehe ich über die Terrasse, an der alle wichtigen Räume der Wohnung liegen. Die Tür zum Wohnzimmer ist offengeblieben. Ich höre eine Männerstimme, ein Wort, das mich auf der Stelle festnagelt. Ganz langsam nähere ich mich, klebe an der Wand und werfe einen Blick in den Raum... Nein, ich irre mich nicht: Der unverhoffte Besucher ist... Mirall!

Mit klopfendem Herzen höre ich zu. Mirall scheint gar nicht zufrieden zu sein. Er läuft im Wohnzimmer hin und her, wie es eben Menschen tun, die vor Wut nicht stillbleiben können.

„Und wie, gnädige Frau, wollen Sie mir Ihr unglaubliches Auftreten von heute vormittag erklären? Dieser Skandal vor meinem Arbeitgeber und anderen Persönlichkeiten, von denen meine Stellung abhängt! Das muß doch den ehrlichsten Mann in Rage bringen!"

Und der „ehrlichste Mann", von dem die Rede ist, verdreht die Hände vor Verzweiflung. Welch ein Komödiant! Ich muß sagen, Omi Gambier bewahrt ihre ganze Kaltblütigkeit.

„Ihren Besuch und Ihre Aufregung verstehe ich überhaupt nicht, Herr Mirall. Sie waren doch auf der Suche nach diesem Kopf, nicht wahr? Nun bringe ich Ihnen diesen Kopf ins Haus, und Sie sind immer noch nicht zufrieden? Dabei ist das doch ein königliches Geschenk!"

Mirall scheint keinen Sinn für Humor zu haben. „Ein

königliches Geschenk? Eine Kopie, die nur durch Martins Talent einen Wert erhält? Sie scherzen wohl, gnädige Frau!"
Dieses Mal setzt sich Großmama in den nächstbesten Sessel, und wenn ich einen in Reichweite hätte, würde ich es auch tun! Eine Kopie!
Aber dann wäre ja der Kopf in meinem Zimmer, dieser Kopf ohne Augen, den Vicky so sehr fürchtet, das wäre also der echte?
Als Mirall Omis Überraschung bemerkt, scheint er zu verstehen, daß sie sich geirrt hat; seine Stimme wird sanfter.
„Gnädige Frau, diese Geschichte ist offensichtlich sehr verworren. Ich möchte Ihnen daher alles berichten, was ich darüber weiß, damit die Lage geklärt wird. Sind Sie damit einverstanden?"
Omi macht ein Zeichen der Zustimmung, und Mirall nimmt ihr gegenüber Platz. Ich sehe beider Profile und denke nicht daran, mich zu entfernen. Wahrscheinlich ist es ebenso unhöflich, an Fenstern zu horchen wie an Türen, aber hier ist es mir egal: Ich muß einfach die Erklärungen mit anhören.
„Die Sache ist so", beginnt er gelassen. „Ich erledige die Auslandsgeschäfte für Herrn Durrieux, den Sie, glaube ich, kennen. Er war sehr überrascht von Ihrem Verhalten heute morgen und hat mir Ihre Anschrift gegeben. Bei Ihrem ersten Besuch haben Sie ihm gesagt, daß Sie die Mutter von Gambier, dem bekannten Archäologen, sind. Nun, Herr Durrieux hatte mich auf die Suche nach einem vorkolumbianischen Kopf geschickt. Aber ich kam zu spät in Peru an. Trotzdem gelang es mir aufgrund meiner Bemühungen, diesen Kopf wiederzufinden... in Paris! Die Verhandlungen waren schwierig, aber schließlich konnte ich ihn doch erwerben."

Er hält einen Augenblick inne. Omi bleibt ungerührt, und ich, ich spüre, wie mich Panik erfaßt. Wenn dieser Mann wirklich die Wahrheit spricht? Es könnte gut möglich sein, daß er dem Dieb den Kopf abgekauft hat, diesem Libermann, der im Flugzeug die Pakete ausgetauscht hat. Als wir ihn neulich im Juweliergeschäft sahen, hatte er wohl gerade den Kauf abgeschlossen!

Omi ist noch nicht von der Unschuld ihres Besuchers überzeugt.

„Angenommen, Sie haben tatsächlich diesen Kopf gekauft, warum ließen Sie Kopien davon anfertigen?"

„Ich weiß nicht, warum Ihnen das merkwürdig erscheint. Tatsache ist, daß wir häufig Kopien von unseren schönsten Stücken anfertigen lassen. Wir haben immer Kunden, die Liebhaber von besonders schönen Stücken sind, aber nicht die Mittel besitzen, sich ein Original zu leisten, und glücklich sind, wenn sie eine gute Kopie erwerben können."

„Aber", flüstert Omi, von so viel Offenheit aus der Fassung gebracht, „Sie verkaufen Sie doch dann als Kopien?"

Miral scheint von diesem Zweifel schockiert. „Aber selbstverständlich, gnädige Frau! Halten Sie uns etwa für Betrüger?"

Schwer, ihm „ja" ins Gesicht zu sagen! Aber dennoch haben wir's gedacht! Omi scheint erschüttert zu sein:

„Sie haben also diesen Kopf tatsächlich gekauft? Aber von wem denn? Schließlich waren doch *wir* die Besitzer, und er ist uns gestohlen worden!" Nun ist es an Mirall, große Augen zu machen! Omi entschließt sich, ihm die ganze Geschichte vom Pater José und vom Diebstahl im Flugzeug zu erzählen. Sie ist so taktvoll, Libermann nicht zu erwähnen.

„Unglaublich“, wiederholt Mirall, sehr aufgeregt.
„Jetzt wird alles klar. Im Grunde genommen waren Sie im Recht, als Sie den Kopf bei Martin mitnahmen, aber ich bin ebenso im Recht, wenn ich ihn jetzt bei Ihnen reklamiere, denn ich habe ihn ja bezahlt, und Sie können mir glauben, es war ein gesalzener Preis!“
„Wem denn?“ fragt Omi. „Sie werden zugeben, daß der Verkäufer auch der Dieb ist.“ Mirall zögert.
„Es handelt sich um einen so ehrenwerten Mann, daß ich seinen Namen nicht nennen möchte.“
„Nun“, meint Omi, „dann rufe ich eben Kommissar Monin an. Er wird diese Angelegenheit schon klären.“
Träume ich? Es scheint mir, als ob sich das Gesicht von Mirall verfinstert. Omi greift zum Telefonhörer, als er sie aufhält:
„Die Polizei zu benachrichtigen, ist sicherlich die beste Lösung. Aber können wir das nicht bis heute abend aufschieben? Wir erwarten heute nachmittag einen sehr reichen Interessenten in der Galerie, den ich dort empfangen soll. Wenn Sie mir den Kopf, den richtigen, leihweise überlassen, vielleicht finden wir in diesem Mann einen Käufer. Der Pater José könnte somit recht schnell einen Scheck in angemessener Höhe erhalten. Und mein Arbeitgeber würde mir den kleinen Skandal von heute morgen verzeihen!“
Omi zögert einen Augenblick und gibt dann zu: „Ich habe Sie tatsächlich ungewollt in eine sehr heikle Lage gebracht! Um das wiedergutzumachen, werde ich Ihnen den Kopf leihen. Zeigen Sie ihn dem eventuellen Käufer, aber schließen Sie den Kauf nicht ab, bevor mein Sohn wieder da ist. Darauf bestehe ich.“

Mirall verbeugt sich.
„Was Kommissar Monin betrifft“, fährt Omi fort, „werde ich ihn bitten, heute abend nach dem Essen hier zu sein. Sind Sie damit einverstanden?“
„Wunderbar! Ich hoffe, er wird alles tun, um unseren Dieb dingfest zu machen.“
Und Mirall lächelt mit seinem ganzen Charme! Warum ist mir diese gute Laune verdächtig? Er ist genauso unschuldig wie wir, aber ich bringe es nicht fertig, ihn sympathisch zu finden.
„Und nun“, meint Omi, „müssen wir den Kopf holen.
„Ja“, sagt sie beim Anblick des überraschten Gesichts von Mirall, „er ist nicht in dieser Wohnung.“
Sie geht zur Flurtür und ruft:
„Michel? Komm doch bitte mal!“
Verflixt! Was soll ich tun? Ich kann ja schlecht durch die Balkontür eintreten. Beide würden sofort wissen, daß ich alles gehört habe. Da kein Michel da ist, erscheint ein hinkender Phil mit seinem Papagei auf der Schulter.
„Mein Gott“, ruft Omi, „ich hatte ganz dein böses Knie vergessen. Sie müssen sich einen Augenblick gedulden.“
Und während sie sich mit Phil beschäftigt, will Mirall den freundlichen Mann spielen und streckt die Hand aus, um Sokrates zu streicheln. Da war er aber schlecht beraten! In einem Anflug von Zutraulichkeit verläßt Sokrates die Schulter von Phil, um sich auf den Kopf von Mirall zu setzen!
„Oh“, ruft Großmama. „Sokrates! Du hast überhaupt keine Erziehung. Willst du verschwinden!“
Und sie macht eine ausladende Bewegung, um ihn zu verjagen. Sokrates ist empört, schimpft, ich weiß nicht was, und

fliegt davon. Aber in diesem Augenblick ertönen vier Schreie: Ausrufe der Überraschung von uns dreien und ein Wutschrei von Mirall. Denn als er wegfliegt, hält der Papagei zwischen seinen Krallen... den Haarschopf von Mirall!

Das ist ein Bild! Sokrates fliegt mit wilden Schreien im Zimmer herum und hütet sich, seine Beute loszulassen. Großmama ist sprachlos und merkt nicht, daß sie die Flasche Jodtinktur Tropfen für Tropfen auf das Parkett leert. Mirall verfolgt Sokrates und wünscht ihn zur Hölle. Phil, ohne an sein verletztes Knie zu denken, springt auf, zeigt mit dem Finger auf ihn und schreit:
„Er ist es! Das ist der Mann aus Lima!"
Der blonde Mann, der einen Ring mit grünem Stein trug und der Herrn Gambier den Kopf abkaufen wollte... Mirall, der ohne Perücke tatsächlich blond und beinahe kahl ist, wie Marie ihn beschrieben hatte, trägt den bewußten Ring am Finger. Ich verstehe überhaupt nichts mehr! Aber eins ist sicher: Alles, was der Mann Omi erzählt hat, ist erlogen. Er spielte uns Theater vor, um den Kopf wiederzubekommen, den wir dann ganz sicher nie wieder gesehen hätten. Wir müssen sofort die Polizei benachrichtigen. Schnell, zum Telefon!
Ich stürze ins Zimmer. Es ist mir jetzt gleichgültig, wenn die anderen merken, daß ich die ganze Zeit über gehorcht habe. Mirall ist von meinem Eindringen überrascht, spürt aber sofort meine Absicht und stürzt sich auf mich, als ich den Hörer abheben will. Mann, ist der stark! Ich kämpfe, um mich aus seinen Armen zu befreien, die mich zu ersticken drohen. Plötzlich ein Wunder: Er läßt mich los. Sokrates ist mir zu Hilfe gekommen!

Der Papagei hat die Perücke losgelassen, kreist um den Kopf von Mirall, verteilt mit dem Schnabel wilde Hiebe auf die Stirn des Mannes, die anfängt zu bluten. Schnell stehe ich wieder auf und greife mir einen Stuhl. Währenddessen wühlt Omi in ihrer Tasche, wahrscheinlich auf der Suche nach ihrem Tränengasspray. Mirall hat jetzt Sokrates am Hals erwischt. Gleich wird er ihn erwürgen! Ich gehe mit hocherhobenem Stuhl auf ihn los. Bevor ich aber zuschlagen kann, bricht Mirall zusammen!

Denn Phil, der seinen geliebten Papagei in Lebensgefahr sieht, hat mit vorgestrecktem Kopf einen Sprung gemacht und Mirall so hart getroffen, daß er wie ein Taschenmesser zusammenklappt. K.O.! Offenbar voll in den Magen getroffen, liegt Mirall bewußtlos auf dem Boden.

Sokrates, trunken vor Stolz, flattert durch das Wohnzimmer und ruft wieder einmal, diesmal im richtigen Augenblick:

„Veni, vidi, vici!"

Alarmiert durch unseren Anruf, kommen unverzüglich Kommissar Monin und seine Mitarbeiter, denen ich die Tür öffne.

„Was ist nun schon wieder los?" Ohne zu antworten führe ich sie ins Wohnzimmer. Dort sitzt Omi auf der Couch und strickt... Sie schenkt ihm ihr freundlichstes Lächeln.

„Herr Kommissar, schon da? Sie haben sich aber wirklich beeilt, dabei haben wir so viel Zeit! Sehen Sie nur, wie gut bewacht er ist!"

Sie deutet mit einer Handbewegung in eine Ecke des Zimmers. Der Inspektor geht hinter die Couch... und lacht laut auf. Dort liegt er, der gefürchtete Mirall, der so viele Leute reingelegt hat. Gebündelt wie ein Paket, und zwar mit Kordeln von den Übergardinen des Wohnzimmers und Lassos von der Cowboy-Ausrüstung der Zwillinge. Phil hält Mirall mit dem Tränengasspray in Schach und droht, ihm in die Augen zu spritzen, falls er eine Bewegung macht. Außerdem sitzt auf seinem Kopf noch ein zweiter unerbittlicher Gegner: Sokrates, der seinen gebogenen Schnabel mit einer solchen Gier vorschiebt, daß der arme Mann kaum zu atmen wagt!

Der Inspektor gibt einen bewundernden Pfiff von sich:

„Teufel! Der Fang ist gut!"

Er beugt sich zu unserem Gefangenen hinunter und reißt ihm seinen Schnurrbart ab, der genauso falsch ist wie die Perücke.

„So ist's recht: der liebe Vanleuve! Zwar ist die Haut noch braun, aber ein Bad wird ihm, dem guten Flamen, seinen Teint von Rosen und Lilien wiedergeben!"

„Und wir hielten ihn für einen Mexikaner!"

„Er hatte sich auch gut maskiert, um alle Welt zu täuschen! Unsere Polizei sucht ihn wegen verschiedener Betrügereien. Aber er war so schlau, daß er nie auf frischer Tat ertappt werden konnte."

„Glauben Sie, daß Herr Durrieux seine tatsächliche Identität kennt?" fragt Omi ängstlich.

„Ganz sicher nicht", versichert der Kommissar. „Herr Durrieux wird ihn als Sachkenner auf dem Kunstmarkt geschätzt und ihn als Vertrauensmann eingestellt haben. Als er nach Südamerika geschickt wurde, um einige schöne Stücke für die Ausstellung zu erwerben, muß er die Spur dieses berühmten Kopfes gefunden haben. Er kannte seinen Wert und ging auf eigene Rechnung auf die Jagd nach diesem Stück.

Weil Herr Gambier ihn in Paris nicht wiedererkennen sollte, trat er in Lima als waschechter Flame bei ihm auf. Er hoffte, das ganz große Geschäft zu machen: den Kopf an irgendeinen Kunstliebhaber zu verkaufen, ohne daß Herr Durrieux davon erfährt, selbstverständlich; außerdem einen weiteren Gewinn durch den Verkauf der Kopien zu erzielen, die er als Originale ausgegeben hätte. Und mit diesem kleinen Vermögen hätte er sich ins Ausland abgesetzt, noch bevor der Schwindel aufgeflogen wäre. — Na, Vanleuve, war das nicht Ihre Absicht?"

Aber der Mann antwortete nicht. Er hat das Spiel verloren und verharrt in störrischem Schweigen. In diesem Moment erscheinen Marie, Luc und Oliver, die sich wundern, daß Phil und ich nicht wieder aufgetaucht sind. Phil erwirbt sich viel Achtung, indem er den Kampf auf seine Art schildert. Ich selbst weiß sehr gut, daß wir nur durch den Einsatz von Sokrates so leichtes Spiel hatten: Mirall war fast blind durch das Blut, das von seiner Stirn herunterlief, und fürchtete die Schnabelhiebe des Vogels für seine Augen. Luc ist derart begeistert, daß er in sein Zimmer läuft, mit dem Fotoapparat zurückkommt und die Szene in allen Variationen aufnimmt.

„Sehr gut", sagt der Inspektor. „Ein paar von deinen Aufnahmen kannst du einem mir befreundeten Journalisten geben: Das wird morgen das sensationellste Foto in seiner Tageszeitung. Mein armer Vanleuve, damit werden Sie bei Ihren Freunden gewaltig im Kurs fallen. Erwischt zu werden, na ja, das kann passieren; aber derart lächerlich gemacht zu werden..."

Der Fall klärt sich auf

Wir feiern unseren Sieg über den Betrüger mit Ananassaft: Omi ist überzeugte Anti-Alkoholikerin. Wenn man ihre Argumente hört, hat sie nicht unrecht.

Als die Polizisten mit Mirall-Vanleuve endlich verschwunden sind, stelle ich Luc die Frage, die mir auf der Zunge brennt:

„Wieso konntest du die Köpfe verwechseln?"

Luc protestiert:

„Du hättest dich genauso getäuscht wie ich. Erstens ist die Kopie vollkommen; zweitens hatte der Kopf in Lima, der richtige Kopf, schöne grüne Augen. Als ich die beiden Köpfe nebeneinander sah, habe ich nicht einen Augenblick gezögert."

„Das heißt also", sagt Marie, „daß Mirall die Augen rausgenommen hat. Aber wozu?"

„Mirall oder Libermann! Wir dürfen nicht vergessen, daß Libermann das Paket im Flugzeug gestohlen hat."

Meine Bemerkung bringt sie alle in Verwirrung.

„Wißt ihr, woran mich diese ganze Geschichte erinnert? An eine Gabel voller Spaghetti! Man glaubt sie gut auf der Gabel aufgerollt zu haben, aber ein Ende fällt ganz bestimmt herunter!"

„Mirall hat den Juwelier in keiner Weise belastet", sagt

Omi. „Aber vielleicht tut er das noch bei der Vernehmung."
„Ich verstehe nicht", sagt Marie, „welches Interesse ein Mann wie Libermann an solch einer Sache haben soll. Er muß doch durch sein Geschäft sehr wohlhabend sein. Warum sollte er sich an solch einem Handel beteiligen?"
„Außerdem paßt es nicht zu ihm", bemerkt Luc. „Er befaßt sich nicht mit Kunstgegenständen, sondern mit Schmuck. Wenn es sich um Edelsteine handelte, dann..."
Plötzlich unterbricht er sich:
„Edelsteine... Das ist sein Gebiet. Jetzt verstehe ich auch, warum der Kopf keine Augen mehr hatte!" Die Fragen schwirren durcheinander. Niemand versteht, was Luc eigentlich meint.
„Moment, ich erkläre es euch. Marie, kannst du dich an unseren Besuch im Gold-Museum erinnern, das diesem reichen Mann aus Lima gehört?"
„Natürlich", antwortet Marie. „Wie kann man dieses unterirdische Museum vergessen, in dem sich gepanzerte Türen hinter dem Besucher schließen, um märchenhafte Schätze zu schützen: Alle Tiere des Landes, aus purem Golde hergestellt, befinden sich in diesem Museum!"
„Und was noch?" fragt Luc.
„Riesige Goldfolien, mit denen die Gräber der großen Inka-Häuptlinge ausgekleidet waren... Spielsachen aus Gold und Silber, die man im Grab eines Fürstensohnes fand... mit seinem Poncho und seiner Kopfbedeckung aus Papageienfedern in allen Farben, alles sehr gut erhalten."
„Aber du verstehst nicht, worauf ich hinaus will", drängt ihr Bruder. „Versuch dich doch an all die Kunstgegenstände zu erinnern, die die Wände des Museums bedeckten!"
„Ja, gewiß: ganze Sammlungen von ziselierten Vasen, von

Kultgegenständen, von Plättchen, die die adeligen Inkas an ihren Ohren trugen, von Schmuckstücken..."
„Und die Statuen", ergänzt Luc, der langsam ungeduldig wird.
„Ach, die Statuen!" antwortet Marie. „Darum handelt es sich? Aber was haben die mit unserem Kopf zu tun? Sie waren aus massivem Gold, unser Kopf jedoch aus Holz."
„Aber die Augen, woraus bestanden die?"
„Die Augen", sagt sie dann, „die Augen waren aus..."
„Na schnell", drängt Omi.
„... waren aus Türkisen, Lapislazuli, Jade und oft aus..."
„... Smaragden", ergänzt Luc, der vor Ungeduld platzt. „Smaragde vom schönsten Grün, wie man sie nur in Kolumbien findet."
„Und du meinst, das war auch bei unserem Kopf der Fall?"
Ich bleibe skeptisch, aber schließlich, warum nicht? Das würde das Verhalten von Libermann erklären.
„Also, wenn du recht behältst", sage ich, „haben die Komplizen geteilt: Mirall bekam den Kopf und Libermann die Smaragde? Na, ich glaube, wir müssen Monin noch einiges erklären!"

Dieses Mal arbeitet die Polizei ohne unsere „Unterstützung". Aber das dauert nicht lange. Eine Stunde später kommt ein Anruf.
„Ich erwarte euch bei Libermann. Bringt den Kopf mit!"
Na, der wird vielleicht spazierengetragen! Wir holen ihn bei meiner Mutter ab, der wir im Vorbeigehen die Zwillinge anvertrauen wollen. Sie ist nicht da; aber Vicky übernimmt die beiden frohen Herzens. Sie ist zu allem bereit, wenn dieser Kopf, vor dem sie Angst hat, verschwindet.

Bei Libermann angekommen, führt man uns in seine Wohnung, die sich hinter dem Geschäft befindet. Der Inspektor hat sich im Arbeitszimmer des Juweliers niedergelassen. Der kleine Alte, das erste Glied in der Kette des Abenteuers, ist auch da und sieht gar nicht geknickt aus, wie man es von einem Schuldigen erwarten könnte. Er sitzt an seinem Schreibtisch und spielt mit zwei glitzernden Steinen.
„Das sind also Ihre Konkurrenten, Herr Kommissar? Ich erkenne diese beiden wieder, die mir während des Fluges einen ausgezeichneten Eindruck gemacht haben. Es ist selten, daß sich alleinreisende Kinder so vorzüglich benehmen. Mein Kompliment, gnädige Frau!"
Omi ist hingerissen, Luc schiebt stolz die Brust vor. Die sind ja gut! Brüsten sich mit den Komplimenten eines Diebes! Libermann hat aufgehört, mit den grünen Steinen zu spielen, selbstsicher und gelassen reicht er uns die Smaragde.
„Erkennt ihr sie wieder?" fragt er meine Freunde. Sie schütteln den Kopf:
„Wir haben noch nie so große Smaragde gesehen", versichert Marie.
„Stimmt, die Steine sind ungewöhnlich schön. Aus jedem Stück kann man mindestens drei Ringe anfertigen."
Libermann lächelt. „Und so?"
Er hat den Kopf genommen und läßt die Steine ins Innere gleiten. Mit Hilfe einer Pinzette klemmt er die Smaragde in die leeren Augenhöhlen. Meine Freunde stoßen einen Schrei aus:
„Die Augen. Stimmt haargenau!"
Nur ein Teil der Smaragde ist sichtbar. Wenn man sie so sieht, weiß man nicht, um wieviel größer sie in Wirklichkeit sind.

„Somit wäre die Angelegenheit geklärt", sagt der Kommissar. „Nur wenigen Leuten dürfte der enorme Wert dieser Augen bekannt gewesen sein. Sogar euer eigener Vater, den der archäologische Wert der Skulptur viel mehr interessierte, hat nicht darauf geachtet. Er hat angenommen, die Augen seien aus Jade... oder aber aus ganz kleinen Smaragden."

„Aber Herr Libermann war im Bilde, nicht wahr?"

Diese Anschuldigung zieht mir einen vorwurfsvollen Blick von Omi zu. Vielleicht wird sie mir sagen, ich sei unhöflich. Aber wohin soll das führen, wenn wir die Diebe jetzt mit Samthandschuhen anfassen!

Herr Libermann jedoch läßt sich nicht aus der Fassung bringen.

„Nein, mein Junge, ich war nicht im Bilde. Und Mirall wußte wahrscheinlich zuerst auch nicht mehr als ich. Er hat den Kopf ausschließlich wegen seines archäologischen Wertes gestohlen und um Kopien davon anfertigen zu lassen."

„Wieso er? Das waren doch Sie im Flugzeug...?"

Der Kommissar unterbricht mich:

„Langsam, Michel, oder Herr Libermann kann dich wegen übler Nachrede anzeigen, denn er hat mit diesem Diebstahl nichts zu tun. Mirall ist voll geständig: Er hat Miguelito, den indianischen Diener von Herrn Gambier, gedungen. Die Gutgläubigkeit dieses Unglücklichen hat er ausgenutzt und ihm versichert, daß er den Kopf in einem geheimnisvollen Tempel aufstellen wolle."

„Und Miguelito hat es ihm geglaubt?" empört sich Luc. „Es stimmt allerdings, daß er nicht sehr schlau ist."

„Nicht sehr schlau, aber sehr geschickt. Da er eurem Vater

geholfen hat, das Paket zu verschnüren, war es ihm auch leicht möglich, ein zweites mit dem gleichen Papier zu packen. Mirall hatte ihm für dieses zweite gleiche Paket ein Quebrachostück gegeben, das ungefähr das Gewicht des Kopfes hatte. Er hatte tatsächlich vor, drei dieser Klötze mitzubringen, um Kopien daraus anfertigen zu lassen. In der Nacht hat der Diener die beiden Pakete ausgetauscht, und als ihr morgens ins Flugzeug nach Frankreich eingestiegen seid, hattet ihr nur einen Holzklotz dabei!"

„Ja, aber..."

Verflixt! Ich fühle mich gar nicht mehr wohl in meiner Haut und traue mich nicht mehr, Herrn Libermann anzusehen. Dieser ergänzt:

„Tja, ihr müßt euch nun an den Gedanken gewöhnen: Während des Fluges hat niemand das Paket angerührt, auch ich nicht!"

„Entschuldigen Sie uns bitte", flüstert Luc, dunkelrot vor Scham. „Aber das, was Sie unter Ihrem Regenmantel verborgen hielten... wir glaubten..."

Dieses Mal muß der Juwelier laut lachen:

„Unter meinem Regenmantel? Ein kleines ausgestopftes Krokodil, das ich für meinen Enkel bei der Zwischenlandung in Caracas erstand. Ich machte diesen Kauf im letzten Augenblick und hatte keine Zeit mehr, das Tier einpacken zu lassen. Und ein Mann in meinem Alter mit einem Krokodil unterm Arm... das ist doch wohl etwas lächerlich. Ich habe mich also bemüht, es so gut wie möglich zu verbergen."

Ich bin entsetzt! Und ich habe meine Freunde auf diese Fährte gesetzt. Man kann nicht gerade sagen, daß ich den richtigen Riecher hatte! Wir haben wirklich Glück gehabt, ein solches Ergebnis zu erzielen, obwohl am Anfang alles falsch war.

„Ja, aber die Smaragde?"

„Oh", sagt der Kommissar, „Mirall oder Vanleuve, wie ihr wollt, muß wohl über die Leuchtkraft und die Schönheit der Augen erstaunt gewesen sein. Ich muß hinzufügen, daß er sich mit Edelsteinen auskennt und schon einmal in eine Affäre mit Diamanten verwickelt war. In einem Wort: Er hat das entdeckt, was weder der Pater José noch euer Vater gemerkt haben, nämlich, daß die Augen mehr wert sind, als der Kopf selbst."

Ich kann mir eine Frage nicht verkneifen, die mir auf den Lippen brennt:

„Wenn die Smaragde so wertvoll sind, dann verstehe ich nicht, warum Mirall sich so bemüht hat, den Kopf wiederzufinden. Warum sich solchen Risiken aussetzen, wenn man dank der Augen ein Vermögen in Händen hält?"

Kommissar Monin macht mir ein kleines Zeichen der Anerkennung; ich bin dabei, in seiner Achtung zu steigen.

„Richtig, Michel. Aber denke daran, daß Herr Gambier wieder zurückkommt. Er hätte den Kopf nicht verwechselt und sofort gemerkt, daß der in deinem Zimmer der echte ist. Und er hätte sich gefragt, warum man die Augen entfernt hat! Damit wären wir sofort auf die richtige Spur gestoßen: auf die eines Edelsteindiebes. Mirall wollte dieses Risiko nicht eingehen."

Jetzt wird alles klar, und Herr Libermann spricht weiter:

„Mirall hat mir diese Smaragde nur vorgelegt, weil ich auf diesem Gebiet ein anerkannter Fachmann bin. Er hat sich umso selbstverständlicher an mich gewandt, als er ein Kunde von mir ist. Ich habe ihm einen sehr schönen Ring anfertigen lassen mit einem in Form eines Eies geschliffenen Smaragd, so wie der meine..."

Und er zeigt uns den Ring, den er an seinem kleinen Finger trägt und den wir so gut kennen!

Also noch ein Indiz, das falsch war! Wir, die in diesen Ringen ein geheimnisvolles Erkennungszeichen sahen!

„Als er Ihnen diese Steine vorlegte, haben Sie keinen Verdacht geschöpft?" fragt Großmama.

„Mein Gott, nein. Mirall ist bekannt als die rechte Hand von Herrn Durrieux, der wiederum absolut vertrauenswürdig ist. Ich wußte, daß er aus Kolumbien, aus dem Land der Smaragde, zurückkam. Er hat mir diese Edelsteine vorgelegt und gesagt, daß er dort ein vorzügliches Geschäft gemacht hat. Wieso hätte ich ahnen sollen, daß sie von einem Diebstahl herrühren? Da es sich um einen bedeutenden Ankauf handelte, habe ich Mirall um einige Bedenkzeit geboten. Er hat mir also die Steine überlassen, damit ich sie eventuellen Käufern vorlegen kann... und sicherlich auch, um sie, so muß ich jetzt glauben, jeder Nachforschung zu entziehen. Das endgültige Geschäft sollte heute abend abgeschlossen werden."

„Und was geschieht nun mit den Smaragden?"

„Die Polizei wird sie bis zur Rückkehr von Herrn Gambier aufbewahren", antwortet der Inspektor. „Sind Sie damit einverstanden, gnädige Frau?"

„Unbedingt", antwortet Omi. „Und wenn Sie den Kopf auch noch übernehmen, würde ich mich viel wohler fühlen."

Jammerschade! Mein schöner Dämon, den ich so liebte!

Omi versteht mein Bedauern und flüstert mir schalkhaft ins Ohr:

„Glaub mir, mein Junge, ein Hund aus Gips, den du auf dem Jahrmarkt gewinnst, wird Vicky viel besser gefallen und dir weniger Aufregungen einbringen!“

Schluß mit dem Abenteuer. Wir sind in unsere Schule zurückgekehrt, sehr zur Erleichterung meiner Mutter. Nicht, daß ich darüber betrübt bin. Im Grunde genommen habe ich nichts gegen das Lernen. Und dann kommt noch hinzu, daß wir einen ganz schönen Erfolg haben, wenn wir während der Pausen unsere Geschichte erzählen. Natürlich ist eine ganze Reihe von Zweiflern dabei, aber wir haben unwiderlegbare Beweise: die Tageszeitung zum Beispiel, in der ein Foto von dem gefesselten und von Sokrates bewachten Mirall zu sehen ist! Die Artikel sind etwas unklar, aber für Ergänzungen können sich die Schulkameraden an uns wenden!
Was den Kopf anbelangt, so hat ihn Herr Gambier an ein Museum verkauft. Er steht in einer Vitrine. Aber seine herrlichen grünen Augen sind nicht etwa die Smaragde! Herr Libermann hat einen solchen Preis dafür bezahlt, daß Pater José noch zusätzlich zwei Schlafräume für seine kleinen Indianer anbauen kann. Der Hohepriester von Eldorado ist also seinem Volk ein letztes Mal zu Hilfe gekommen, auf eine Weise, an die seine früheren Anbeter bestimmt nicht gedacht haben!
Kommissar Monin hat uns von dem armen Martin erzählt. Ich sage „armer“ Martin, weil dieser entsetzt war zu erfahren, für welchen Zweck Mirall seine Schnitzereien verwenden wollte. Er selbst war davon überzeugt, daß seine Arbeiten als Kopien verkauft werden sollten. Seitdem soll er, aus Sicherheitsgründen, alle seine Schnitzereien signie-

ren und obendrein noch mit dem genauen Datum versehen. Papa hat ihm einen guten Preis für die Kopie des berühmten Kopfes geboten, der nun auf seinem Schreibtisch steht. Der große Verlierer war letzten Endes Herr Durrieux, der nun niemand mehr hatte, der an seiner Stelle die Welt bereist. Neulich abend, als Gambiers bei uns zu Besuch waren, sprachen wir von ihm und ich seufzte:
„Schade, daß ich nicht zwanzig bin, das ist ein Beruf, der mich faszinieren würde."
„Mein Sohn hat endlich seine Berufung erkannt", rief mein Vater aus. „Nun, Michel, du weißt, was du zu tun hast: zuerst das Abitur, dann Kunstschule im Louvre. Herr Durrieux aber muß sich gedulden und in der Zwischenzeit jemand anderen einstellen."
„Schon geschehen", sagt Omi Gambier leise. „Ab morgen arbeite ich bei ihm!"
Sie ist nie um Überraschungen verlegen!
Herr Gambier protestiert:
„Mutter, das ist doch verrückt! Du bist doch gerade als Lehrerin pensioniert worden und solltest dich ausruhen!"
„Sag lieber gleich, daß du mit mir rechnetest, um Sokrates Gesellschaft zu leisten! Aber nein, mein lieber Sohn! Du kannst dir jemand anderen suchen: ich fange ein neues Leben an!"
Sie quillt über vor Lebenslust, unsere Omi. Herr Gambier muß notgedrungen aufgeben. Er darf sich noch glücklich schätzen, daß sie nicht in die Dienste der Polizei eingetreten ist.
Und nun sollte Sokrates beinahe den ganzen Tag alleine bleiben, da ja die Eltern meiner Freunde ihre meiste Zeit mit Ausgrabungsarbeiten außer Haus verbringen.

Der Papagei verträgt aber keine Einsamkeit. Er wird krank davon. Ein großes Problem, für das ich schließlich eine Lösung fand. In Zukunft, wenn Luc zum Gymnasium geht, holt er mich ab und bringt Sokrates mit. Wir haben eine Stange im Wartezimmer für ihn aufgestellt, und die Patienten sind begeistert. Sie finden das viel interessanter als das Lesen von alten Zeitschriften (die neuen behalte ich). Merkwürdige Sache übrigens: Mein Vater hat festgestellt, daß sich die Zahl seiner kleinen Patienten fast verdoppelt hat.

Weitere glückliche Folge: Wenn man eine Umfrage in den Schulen des Viertels machen würde, könnte man feststellen, daß die Kinder in lateinischen Zitaten sehr gut bewandert sind und geradezu unschlagbar, was das Multiplizieren mit acht anbelangt...

Und die letzte Neuigkeit: Es wird erwogen, für Sokrates die „Akademischen Palmen" zu beantragen, das ist ein Orden für „Elite-Lehrer". Wird man an höchster Stelle verstehen, wie sehr er sie verdient?

Klassiker unter den Jugendbüchern bei Franckh

Tecumseh — Strahlender Stern und
Großer Häuptling Tecumseh von Fritz Steuben

Tecumseh, einer der größten Häuptlinge der Ureinwohner Amerikas, gehörte zu dem Stamm der Shawano. Er war ein Mann mit hohen Gaben und einer starken Persönlichkeit, der den Indianern mit Recht als Führer und Vorbild galt. Er führte sein Volk durch die schwierige Zeit der Kämpfe gegen die weißen Siedler, setzte seine ganze Kraft dafür ein, es zu einen und damit vor dem Untergang zu retten. In diesem Kampf starb er — eine der letzten großen Gestalten der Indianer. Sein Leben, reich an Triumph und Tragik, wird hier von Fritz Steuben in 2 Bänden fesselnd vorgestellt.

Die Höhlenkinder von A. Th. Sonnleitner

Ganz allein finden sich die Kinder Eva und Peter in einem unzugänglichen, menschenleeren Hochgebirgstal, nachdem sie ihre Eltern verloren haben. Was sollen sie tun?
Sie suchen sich eine Höhle und leben darin wie die allerersten Menschen. Sie fischen, jagen, gewinnen Feuer, sie erfinden Werkzeuge und lernen aus eigener Kraft überleben. Diese spannende Geschichte hat schon viele tausend Kinder begeistert und mitgerissen.

Jugendbücher von Franckh sind in jeder Buchhandlung erhältlich. Ausführlich informiert der kostenlose farbige Prospekt P 239. Bitte beim Verlag anfordern.

Franckh-Verlag · 7 Stuttgart 1 · Postfach 640